KB058917

귀여우면 변태라도 좋아해 주실 수 있나요?

6

하나마 토모 지음

sune 일러스트

심희정 옮김

"하지만 오빠,
바니걸 좋아 하잖아 ?"

"키류의 냄새가 너무 좋아서
안는 베개 대용으로 집에 갖고 가고 싶어."

부회장
후지모토 아야노

서기
미타니 린

# 목차

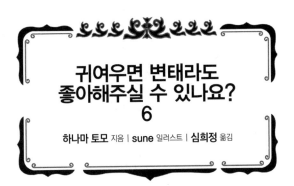

# 귀여우면 변태라도
# 좋아해주실 수 있나요?
## 6

하나마 토모 지음 | sune 일러스트 | 심희정 옮김

컬러, 본문 일러스트 | sune

방과 후 학생회실에 세 학생의 모습이 보였다.

험악한 표정으로 서 있는 아이리와 그 뒤에 웅크리듯 대기하고 있는 케이키.

그리고 테이블을 사이에 두고 맞은편 의자에 걸터앉은 중간 길이의 웨이브 머리가 인상적인 여학생.

그녀의 이름은 타카사키 시호.

파랑색 리본이 나타내는 대로 3학년으로, 이 고등학교 학생회장이었다.

그런 그녀가 손에 들고 있는 건 아이리가 제출한 스마트폰으로, 화면에는 몇 분 전 서예부에서 촬영된 사진이 표시되어 있었다.

4명의 귀여운 바니걸이 한 남학생을 껴안고 있는 문제의 한 장.

말할 필요도 없이 그 남학생은 키류 케이키, 바로 그였다.

4명의 바니걸은 서예부 여자부원들이었다.

"─과연 그렇네. 이건 분명 꽤 흥미로운 사진이야."

스마트폰에서 시선을 뗀 시호가 긴장감 없는 목소리로 감상을 늘어놓았다.

"이 사진을 근거로 아이리의 이야기를 정리해보면 '신성한 학교에서 바니 복장이라니, 파렴치하다! 서예부 활동도 빼

먹고 달달한 장면을 연출하지 말라고!!'라는 느낌이려나?"

"맞아요, 시호 선배! 서예부 여성들은 이 더러운 야수의 독니에 걸린 겁니다! 부 내에서 하렘을 구축하고 있다는 소문도 있고, 학교의 규율을 지키기 위해서라도 서예부는 신속하게 폐부해야 합니다!"

테이블에 손을 얹고 몸을 쑥 내민 채 열변을 토하는 아이리.

황갈색 양 갈래머리를 흩날리면서 흥분한 후배를 케이키는 내심 조마조마한 마음으로 지켜보았다.

(이거 곤란하게 됐네…….)

바니걸에게 시달리는 현장을 아이리가 목격한 후, 케이키는 곧장 학생회실로 연행되었다.

부실에서 그녀가 선언한 대로, 서예부 폐부를 학생회장에게 직접 담판 짓기 위해서였다.

1학년으로 학생회 회계를 맡고 있는 정의감 넘치는 나가세 아이리는 성인 남성을 싫어한다.

케이키가 여러 명의 바니걸을 옆에 둔 게 그녀의 역린을 건드린 듯했다.

(적어도, 사유키 선배가 있어 줬다면 좋았을 텐데…….)

우리 서예부 부장은 현재, 다른 부원들과 함께 부실에서 옷을 갈아입는 중이었다.

바니걸 차림으로 복도를 걷게 할 수는 없다는 당연한 이유와, 온갖 나쁜 짓의 근원인 케이키만 있으면 된다는 아이리의 판단에서였다.

(부장이 없는 이상, 내가 서예부의 폐부를 저지해야 해……!)

서예부는 사유키가 소중하게 생각하고 있는 곳이다.

그런 곳이, 이런 시시한 이유로 사라지는 건 용인할 수 없었다.

"그래서 키류는 아이리에게 연행되어 왔다는 거야? 뭔가 일이 재미있어진 것 같네."

"재미있어하지 마세요, 타카사키 선배……."

덧붙여서 케이키는 몇 번인가 학생회 일을 도와줬던 관계로 시호와도 안면이 있었다.

그런 사정도 있어, 자신도 모르게 스스럼없는 어조로 대답해버렸지만, 그 태도가 마음에 안 들었던지 아이리가 예리한 시선을 보냈다.

"키류 선배는 말을 삼가세요. 당신에게 발언권은 없으니까. 물론 묵비권도 없지만."

"난 대체 어떻게 해야 하는 거야……."

말을 하면 안 되지만 입을 다물어서도 안 된다.

여자 후배의 요구는 너무 실현 불가능한 어려운 문제였다.

"어쨌든, 피해자 여학생들을 구하기 위해서라도 서예부는 지금 당장 폐부해야 합니다!"

패기 넘치게 서예부 폐부를 호소하는 아이리.

그에 반해, 시호가 곤란한 듯 쓴웃음을 지어 보였다.

"으─음……하지만 이건, 서예부 부원들이 바니 복장을 하고 논 것뿐이잖아? 그것만으로 폐부를 해버리는 건 좀 심한 것 같은데?"

"그런!! 하, 하지만 실제로 키류 선배는 여학생들에게 시중을 들게 했어요!! 바니걸 차림도 이 남자가 억지로 시킨 게 틀림없다고요!"

"아이리는 이렇게 말하는데, 키류가 정말 양다리도 아닌 사다리를 걸쳤어?"

"오해입니다. 바니걸 차림도 제가 시킨 게 아니고."

"그래. 나도 네가 그런 짓을 할 수 있는 타입은 아니라고 생각해."

"시호 선배?!"

"난 이래 봬도 학생회장이니까, 사람을 보는 눈은 있거든. 키류는 여자들을 달콤한 말로 속이는 그런 사람이 아니야. 아이리도 사실은 알고 있잖아?"

"그, 그건……."

타이르는 듯한 시호의 말에 아이리가 말을 더듬었다.

흥분했던 후배가 딴 사람처럼 얌전해졌다.

이런 식의 능숙한 대응은 역시 학생회장이라고 할 만했다.

"뭐, 학교에서 바니걸이 되는 건 좀 그렇긴 하지만. 부원들끼리 사이가 좋은 건 나쁜 게 아니야."

"그럼……."

"응. 역시 이 정도로 폐부하긴 힘들지."

"말도 안 돼……."

학생회장의 결정에 아이리가 고개를 숙였고,

"살았다……."

케이키는 안도의 한숨을 내쉬었다.

생각해보면 부원들이 바니걸이 된 것만으로 폐부가 되는 건 너무 심한 횡포였고, 그러니 학생회장의 결단은 타당한 거겠지.

"다만, 바니걸이 풍기를 문란하게 하는 차림인 건 확실하니까, 앞으로는 교내에서 바니복을 착용하지 않도록 서예부 아이들에게 전해줘."

"알겠습니다."

"개인적으로 이 일은 이걸로 끝내도 될 것 같은데―."

이야기를 정리하려던 시호가 말을 멈추고, 힐끔 아이리를 바라보았다.

"아이리는 전혀 납득하지 못한 얼굴이네."

"당연하죠. 키류 선배의 의혹이 완전히 풀린 건 아니니까요."

"여전히 진지하다니까. 그게 아이리의 좋은 점이긴 하지만……."

그렇게 말하며 시호는 골똘히 궁리하는 듯 입가에 손을

댔다.

그리고 무언가가 문득 떠오른 듯 '흐음'하고 한 번 고개를 끄덕였다.

"아무리 해도 납득이 안 된다면 당분간 서예부에 다녀보는 건 어때?"

"'네?'"

시호의 발언에 두 후배의 목소리가 포개어졌다.

"서예부에 찾아가서 실제 활동 내용을 보는 거야. 자신의 눈으로 확인해보고 그래도 문제가 없다면 납득할 수 있겠지?"

"그, 그래도 될까요?"

"그 대신, 학생회 업무도 제대로 수행해야겠지만."

"물론이죠! 열심히 할게요! 키류 선배의 하렘 의혹을 증명하고, 서예부 여학생들을 이 남자의 마수에서 구해내겠어요!"

"……어라? 왠지 이야기가 터무니없는 방향으로……."

아이리와는 대조적으로 케이키의 텐션은 급강하.

그녀가 서예부에 드나들다니, 귀찮아질 것 같은 예감밖에 안 들었다.

"키류도 어때? 의혹이 풀리는 편이 너에게도 좋을 것 같은데."

"뭐, 오해가 풀린다면 그보다 더 좋은 일은 없겠지만……."

모처럼 스스럼없이 대하게 됐는데 오해를 받은 채 거리를 두게 되는 건 좀 슬플 것 같았다.

화해를 할 수 있다면 당연히 그게 더 낫겠지.

"설마 거절하진 않으시겠죠, 선배? 꺼림칙한 일이 없다면 조사를 받아도 문제없을 테니까요."

"그래, 문제없어. 나가세가 만족할 때까지 조사해도 상관없어."

그래. 키류 케이키가 하렘을 구축하고 있다는 소문은 엉터리니까 당당하게 나가면 아무런 문제가 없을 것이다.

서예부에는 들키면 곤란해지는 문제 같은 건 아무것도—.

(……응? 잠깐만?)

아이리가 서예부에 드나들게 된다는 건 당연히, 케이키 이외의 부원들과도 교류하게 된다는 뜻.

그리고 다른 부원들이라면 도M인 변태에 도S 후배, BL 작가에 노출광이라는 초개성적인 멤버들뿐—.

(문제밖에 없잖아?!)

케이키의 하렘 의혹은 둘째 치고, 그녀들의 비밀이 탄로 나면 곤란하다.

나가세 아이리는 풍기가 문란한 걸 어쨌든 싫어한다.

누군가의 특수성벽이 발각되면 그 시점에 폐부를 확정하겠지.

(나가세에게 모두의 비밀이 탄로 나지 않도록 해야 해……!)

서예부 존망이 걸린 싸움은 이렇게 막을 열었다.

## 제1장 이 서예부에는 문제가 있다.

다음 날 아침, 케이키는 평소처럼 여동생인 미즈하와 통학로를 걷고 있었다.

"뭔가 일이 커진 것 같네. 나가세가 서예부에 나오게 되다니."

"그러게. 설마 학생회 임원에게 찍힐 줄이야……."

아이리가 서예부를 조사하는 동안, 케이키에게는 두 가지의 임무가 부과되었다.

한 가지는 자신에게 걸려 있는 '하렘 의혹'을 푸는 것.

또 한 가지는 멤버들이 품고 있는 변태의 비밀을 사수하는 것.

실패하면 서예부가 폐부에 몰리게 될 중대한 미션이었다.

"왜 내가 이런 고생을 해야 하는 건지. 난 오히려 바니걸에게 습격당한 피해자인데……."

"거기에 대해서는 정말 실수한 것 같아. 설마 부실로 온 오빠가 학생회 임원과 함께일 줄은 몰랐으니까."

"나도 미즈하가 바니걸이 될 줄은 몰랐어."

"귀엽지 않았어?"

"엄청 귀여웠어."

"후후, 솔직해서 좋네. 또 보고 싶으면 말해. 오빠를 위해서라면 언제든 바니걸이 되어줄게."

"······정말?"

이런저런 이야기를 나누는 사이에 학교에 도착.

각자 실내화로 갈아 신은 후, 다시 합류해 교실로 향했다.

케이키와 미즈하는 남매였지만 같은 학년이었기 때문에 교실도 같은 층에 있었다.

"어제 모두 앞에서 말했지만, 나가세의 감시가 끝날 때까지 변태 행위는 금지야. 미즈하도 노팬티로 수업을 듣거나 하면 안 돼."

"—뭐?"

"응?"

계단 층계참에서 갑자기 걸음을 멈추는 미즈하.

이변을 눈치챈 케이키가 돌아보자, 그녀는 왠지 안절부절못하는 모습으로 허벅지를 문지르고 있었다—.

언젠가 본 적이 있는 그 행동에, 한없이 안 좋은 예감이 들었다.

"······저기, 미즈하 양? 왜 머뭇거리는 건가요?"

"그건, 저기, 안 된다는 말을 들으면 반항하고 싶어지는 나이라서 그렇다고나 할까요······."

"요컨대?"

"사실대로 말하면 '지금 노팬티'입니다······."

"으아아아악?!"

시치미 떼고 노팬티 등교를 작정한 노출광이 여기 있었다.

"미즈하, 잠깐 이쪽으로!"

긴급사태가 발생했기 때문에, 여동생의 손을 이끌고 인적이 없는 연결 복도까지 연행했다.

"노팬티로 스쿨 라이프를 즐기다니, 오빠는 용납 못 해!"

"그럼 또 오빠가 팬티를 입혀줄래?"

"뭐?!"

설마 하던 반격에 얼빠진 목소리가 흘러나왔다.

얼어버린 오빠를 뺨을 붉게 물들인 여동생이 기대에 가득 찬 눈동자로 바라보았다.

(혹시……처음부터 이걸 목적으로 팬티를 안 입은 건가?)

분명 이전, 노팬티로 등교하려던 미즈하에게 손수 팬티를 입혀준 적이 있었지만, 아무래도 그녀는 그때의 쾌감을 잊을 수 없었던 모양이다.

"오빠가…… 입혀줬으면 좋겠어."

"윽…….."

시스터 콤플렉스인 오빠는 여동생의 조르기에 약했다.

그게 어떤 무리하고 까다로운 문제라고 해도 귀여운 여동생에게 부탁을 받으면 거절할 수 없는 게 오빠의 습성이었다.

"아, 아니, 하지만…… 역시 남의 눈이 많은 학교에서는 너무 위험하지 않을까?"

"나로서는 오히려 바라던 바인데."

"뭐어어…….."

남의 눈이 많은 장소이기 때문에 불타오르는 것 같았다. 미즈하의 장래가 너무 걱정됐다.

하지만, 아무튼 여동생을 노팬티로 지내게 할 수는 없었다.

(내가 어떻게 하면 되는 거지……?!)

궁극의 난제에 시스터 콤플렉스 오빠가 갈등하고 있던 그때.

열려 있던 창문으로 서늘한 9월의 바람이 불어왔다.

그 바람은 마치 좋아하는 여자아이에게 장난을 치는 남자 초등학생처럼, 뒤에서 미즈하의 치마를 들어 올렸고—.

"으아아아아아아아아악?!"

집요한 것 같지만, 키류 미즈하는 현재 노팬티 상태.

치마가 젖혀지면 속옷이 흘끗 보이기는커녕, 숨김없이 몽땅 노출되고 만다.

돌이킬 수 없는 사안이 발생하기 직전, 케이키는 순간적으로 내민 양손으로 여동생의 치마를 꽉 눌렀다.

옆에서 보면 남고생이 여고생을 껴안은 위험한 구도.

미즈하의 등 뒤로 두른 양손은 그녀의 엉덩이를 꽉 쥐고 있었고, 갑작스러운 성희롱에 끌어안긴 피해자가 기쁜 듯이 뺨을 붉게 물들였다.

"……흐읏. 오빠도 참, 아침부터 대담하다니까."

"노팬티로 등교한 사람에게 그런 말 듣고 싶지 않거든!"

"가능하면 좀 더 꽉 안아줘."

"그럴 때가 아니잖아?! 이런 모습을 혹시 누가 보기라도 하면—."

"—키류 선배?"

"아…….."

그건, 정말 최악이라고 말해도 지장이 없을 타이밍이었다.

우연히 그 자리에 있었던 아이리가, 깜짝 놀랄 정도로 차가운 눈으로 이쪽을 바라보고 있었다.

"아침부터 여학생을 끌어안다니…… 파렴치 포인트 30점이에요."

"파렴치 포인트라는 건 또 뭐야?!"

수첩에 무언가 메모를 하고 있는 게 너무 무서웠다.

"어쨌든 오해야! 난 바람에 말려 올라갈 뻔한 여동생의 치마를 누르고 있었던 것뿐이라고!"

"여동생?! 여동생에게까지 욕정을 품다니, 선배는 형편없는 변태였군요!"

"난 변태가 아니야!!"

진짜 변태는 노팬티로 등교한 미즈하 쪽이었다.

그 이후, 미즈하의 엉덩이를 만진 사실에 대해서는 '여동생의 팬티를 바람으로부터 지켰다.'라는 핑계로 납득시켰다.

실제로 지킨 건 '여동생의 무방비한 다리 사이'였지만, 진실을 말해봤자 아무도 행복해지지 않겠지.

(아침부터 이런 상태로, 과연 난 모두의 비밀을 지킬 수

있을까?)

조사가 시작되기 전부터 불안해지는 케이키였다.

참고로 미즈하에게는 여자 화장실에서 팬티를 입게 했습니다.


다양한 불안을 안고 맞이한 방과 후.

어제 그 선언대로, 아이리가 서예부 부실로 찾아왔다.

"학생회 임원 나가세 아이리입니다. 오늘부터 당분간, 서예부가 제대로 활동을 하고 있는지 조사를 하게 됐습니다."

간결하게 인사를 끝낸 그녀는 바로 부실 안으로 시선을 돌렸다.

케이키를 포함해 소속된 부원들이 모두 집결한 부실.

그 안에서는 사유키와 유이카, 마오와 미즈하 네 사람이 다다미가 깔린 공간에 놓인 테이블을 마주하고 붓을 손에 쥔 채 연습지에 글자를 쓰고 있었다.

"흐음…… 의외로 성실하게 활동하고 있네요."

"뭐, 그렇지. 우리가 진지하게 하면 이 정도는 해."

"우쭐대지 마세요. 다른 부도 이 정도로 성실하게 임하고 있으니까."

그렇게 말하면서도 특별히 문제가 없는 서예부 활동 내용에 아이리는 불만스러운 모습이었다.

케이키가 봐도 평범한 부 활동으로서의 모양은 갖추고 있었다.

(있는 그대로의 서예부를 보여줄 수는 없으니까.)

평소에는 사유키가 도M의 소원을 연습지에 휘갈겨 쓰거나, 유이카가 도S 공주님을 주인공으로 한 위험한 그림책을 그리거나, 마오가 아주 진한 BL 만화를 제작하거나 했다.

그런 참상을 아이리가 목격하면 이번에야말로 폐부가 확정될 것이다.

그래서 아이리가 서예부 조사를 선언한 후, 부원 모두에게 어떤 통지를 내렸다.

당분간 교내에서의 모든 변태 행위를 금지하는 '변태금지령'이었다.

덧붙여 하나 더, 당분간은 '성실한 서예부원을 연기한다'라는 것도 지시했다.

건전하게 활동하고 있다는 걸 어필해서, 아이리의 조사를 통과하려는 작전이었다.

"그런데 키류 선배는 아무것도 안 쓰세요?"

"난 서예부의 매니저 같은 존재니까."

"네……? 서예부에 매니저가 필요한가요?"

"주로 부실 청소나 잡일을 담당하고 있지."

"아아, 즉 셔틀이군요. 선배에게는 딱 맞는 역할이라고 생각해요."

들뜬 어조로 말하며 이날 처음으로 미소를 보여주는 아

이리.

여전한 독설이었지만, 웃는 모습이 귀여워서 미워할 수 없었다.

"그건 그렇고 토키하라 선배는 역시 대단하시네요. 서예는 잘 모르지만 아마추어의 눈으로 봐도 레벨이 다른 걸 알겠어요."

"칭찬을 받다니, 영광이야."

서예가인 아버지로부터 영재 교육을 받은 사유키의 실력은 진짜였다.

콩쿠르에서도 우수한 결과를 내고 있는 그녀가 만들어 내는 문자는 그 자체가 생명을 갖고 있는 것처럼 약동적이라, 힘차고도 섬세한 작품에 압도되고 만다.

"하지만, 어째서 소재가 '충견'인가요?"

"솔직하고 기특한 모습에 공감을 하니까. 주인님을 소중히 생각하는 모습도 멋지고, 나도 평소 이렇게 되고 싶다고 생각해."

요약하면 '난 개가 되고 싶다.'라는 도M의 소망이었지만, 사유키의 본성을 모르는 아이리는 '그렇군요'라며 몹시 감탄하고 있었다.

완전히 속고 있었지만, 물론 케이키는 아무 말도 하지 않았다.

보살과 같은 온화한 표정으로 지켜볼 뿐이었다.

"코가가 쓰고 있는 건 '진심'인가요?"

"유이카는 배려 있는 사람을 좋아하니까. 솔직하고 상냥하고 남을 잘 돌봐주는 성격이라면 더욱더 좋아."

번역하면 '순종적인 돼지 녀석이 좋아'라는 뜻이겠죠.

말대꾸하지 않고 봉사정신이 흘러넘치는 남성이 타입인 유이카 님입니다.

"키류 선배는—아아, 성으로 부르면 남자 키류 선배와 혼동되네요. ……귀찮으니까 남자 선배는 '큐리(오이) 선배'라고 할까요?"

"그러지 마……."

그렇게 여름 단골 야채 같은 이름은 싫었다.

"난 미즈하라고 부르면 돼. 다른 사람들도 이름으로 부르고 있으니까."

"알겠습니다. 그러니까…… 미즈하 선배의 작품은 '해방'이네요."

"속박되는 건 별로 좋아하지 않거든."

그렇게 말하면서도 꼼지락꼼지락 허리 주변을 신경 쓰는 미즈하.

노출광인 그녀에게 팬티에 의한 속박은 어지간히 스트레스인 것 같았다.

그렇다고 학교에서 하복부를 해방시키면 곤란하지만…….

"난죠 선배는…… 바나나? 바나나를 좋아하세요?"

"바나나 중에서도 굵고 늠름한 걸 좋아해. 특히 크게 휜 바나나는 보다 거칠게 보여서 순조롭게 망상할 수 있지."

"망상?"

"신경 쓰지 마. 그리고 난죠는 좀 조용히 해줄래?"

바나나를 남성기의 참고 자료로 쓰고 있는 변태 작가를 입 다물게 만들었다.

남자를 싫어하는 아이리에게 마오의 동인지 이야기는 NG였다.

자칫하다가는 표지를 본 것만으로도 발광할지 모른다.

"단어 선택에서도 개성이 드러나네요."

모두의 작품을 대충 훑어보며 솔직한 감상을 늘어놓은 조사관님에게 사유키가 말을 걸었다.

"괜찮으면 나가세도 써보지 않을래?"

"네?"

"계속 보고 있기만 하는 것도 재미없잖아?"

"아뇨, 전 일을 하고 있는 거니까……."

"말은 그렇게 하지만, 실은 다른 사람에게 보여줄 수 없을 정도로 글씨를 못 쓰는 거 아니야?"

"으윽……."

같은 1학년인 유이카의 도발에 아이리가 불만스러운 표정으로 입술을 꾹 다물었다.

"……알겠습니다. 그럼 한 장만."

지기 싫어하는 성격인 듯, 신발을 벗고 다다미 위에 정좌한 그녀는 사유키에게 빌린 붓을 사용해 거침없이 문자를 써 내려갔다.

"어머, 꽤 잘 쓰잖아."

아이리가 쓴 건 '성실'로, 사유키의 말대로 꽤 깔끔한 글자였다.

"나가세는 성실한 남성이 네 타입인 거야?"

"아뇨, 딱히 그런 의도로 쓴 건…… 남성은 전면적으로 싫어하거든요."

"그래? 그럼 케이키도?"

"맞아요. 남자인 데다 불성실한 키류 선배는 구역질이 날 정도로 싫어요."

"구역질이 날 정도로 싫어한다는 말은 내 인생에서 처음 들었어……."

귀중한 체험을 하면서도, 서예부 활동은 아무 탈 없이 진행되었다.

도중, 바나나 생산에 질린 마오가 '육봉'이나 '남근' 같은 NG인 글자를 연발하기 시작했고, 미즈하가 자신의 허벅지에 '오빠 전용'이라고 쓴 외설스러운 사진을 보내고, 사유키와 유이카가 종이에 '절벽' '젖소' '도둑고양이' '암캐'등을 계속 써 내려가면서 조용한 전쟁을 전개하기도 했지만, 그런 물적 증거는 아이리에게 발견되기 전에 케이키가 전부 처분했다.

이래 봬도 평소 악행에 비하면 꽤 소극적이라는 내부사정이 우려스러웠다.

"어머, 코가, 붓은 조금 더 부드럽게 잡는 게 더 좋아. 괜찮다면 선배인 내가 하나하나 가르쳐줄게."

"됐거든요. 마녀 선배는 자신의 작업에나 집중해주세요."

유이카의 발언에 아이리가 '응?'하며 고개를 갸웃거렸다.

"어째서 토키하라 선배가 '마녀'인 건가요?"

"단순한 애칭이야. 사유키 선배는 머리가 새까매서 마녀 같으니까."

"아아, 그런 거였군요."

"애칭이 아니라 평범한 욕인데요."

"유이카…… 모처럼 내가 도와주고 있는데."

케이키의 투덜거림에 유이카가 '메—롱'하고 혀를 내밀었다.

그녀와의 이런 대화는 일상다반사라 케이키에게는 익숙한 광경이었지만, 웬일인지 아이리는 의외의 모습을 본 것 같은 놀란 표정을 짓고 있었다.

"……코가는 부실에선 이런 얼굴을 하는구나."

"나가세, 혹시 유이카랑 아는 사이야?"

"아는 사이라고나 할까, 코가는 저랑 같은 반 친구예요."

"뭐? 정말?"

"이야기를 나눈 적은 한 번도 없지만요. 코가는 교실에선 계속 아무 말 없이 책만 읽고 있으니까 좀 의외였어요."

"아아, 유이카는 꽤 까다로운 부분이 있으니까……."

지금은 허물없이 지내고 있지만, 처음 만났을 무렵에는 차가운 태도를 취했었다.

케이키가 당시의 일을 떠올리고 있는데, 잠시 무언가를 골똘히 생각하고 있던 아이리가 쭈뼛쭈뼛 입을 열었다.

"……저기, 한 가지 물어봐도 될까요?"

그건 케이키에게가 아닌 다른 부원들을 향한 발언이었고,

"서예부 여러분에게 키류 선배는 어떤 존재인가요?"

"""…………."""

그 질문에 여학생들이 서로 얼굴을 마주 보았다.

모두의 표정에 긴장의 색이 엿보이는 건, 여기서 잘못 대답하면 서예부가 불리한 상황에 빠질 가능성이 있기 때문이었다.

"그, 글쎄…… 놀릴 보람이 있는 귀여운 후배라고나 할까."

"의지가 되는 선배?"

"마음을 터놓고 지내는 같은 반 친구."

"상냥한 오빠."

무난한 대답에 케이키는 휴우 하고 가슴을 쓸어내렸다.

살짝 국어책 읽듯 기계처럼 대답했지만 미래의 주인님이라던가 노예 후보와 같은 본심이 흘러나오지 않은 건 높이

평가하고 싶었다.

"……흐음? 키류 선배 주제에, 꽤 사랑을 받고 있네요."

"그러는 나가세는 꽤나 불만스러운 얼굴인데요."

"흥, 억지를 부리는 것도 지금뿐이에요! 반드시 당신의 본성을 파헤쳐줄 테니까 죽을 각오 하고 기다리세요!"

손가락을 획 내밀고 의욕을 드러내는 조사관님.

뭐가 그녀를 그렇게까지 내몰고 있는 건지 정말 수수께끼였다.

"이야기도 정리된 것 같고, 이번에는 케이키에게 붓을 잡는 방법을 가르쳐줄게. 오늘은 특별히 이쪽 붓의 사용법도— 알겠지?"

"당연한 것처럼 제 다리 사이로 손을 뻗지 말아 주시겠어요?!"

"응?! 여, 역시 키류 선배는 난봉꾼……."

"그런 거 아니야! 이건 사유키 선배의 단골 농담이라고!"

이런 느낌으로 평소보다 더욱더 소란스러운 서예부 활동이 전개되었지만, 모두의 성벽이 알려지지 않았고, 아이리에 의한 조사 첫날은 비교적 평온하게 막을 내렸다.

◇

케이키가 다니는 사립 모모사와 고교에는 여자 교복 색깔

이 학년마다 나누어져 있었다.

하복은 리본이 학년마다 나뉘어 있지만, 동복은 치마가 그 대상이 된다.

하복 리본처럼 1학년은 녹색, 2학년은 베이지, 3학년은 파랑색이었다.

10월에 들어서 동복으로 갈아입게 된 월요일 방과 후.

서예부 부원들은 커피숍에서 회의를 진행하고 있었다.

의제는 물론, 나가세 아이리의 조사에 관한 이야기였다.

"하아……내가 마치 죄수가 된 기분이야…….''

"그 사람이 매일 부실로 오니까요…….''

사유키가 축 늘어진 모습으로 한숨을 내쉬었고, 그 옆에서 질린 듯 유이카가 중얼거렸다.

그리고 그 옆에서는 마오가 빨대로 아이스커피를 홀짝거리고 있었고 세 사람의 맞은편에 키류 남매가 앉은 순서였다.

"언제까지 감시가 이어지려나…….''

"안타깝지만, 지금은 참을 수밖에 없어. 특히 모두의 변태성을 들키지 않게 정말 주의해야 해. 나가세에게 약점을 잡히면 이번에야말로 폐부 확정일 테니.''

"……폐부는 곤란해.''

"나도 부실에서 원고를 그릴 수 없게 되면 곤란한데.''

"난죠는 애초에 부실에서 원고를 그리지 마.''

부실에서 원고를 그리면 남자끼리의 농도 진한 만화가 싫어도 시야에 들어오게 된다.

공동 구역에서 BL책을 제작하는 건 앞으로도 영원히 사양해줬으면 좋겠다.

"뭐, 아직까지 비밀은 탄로 나지 않았고, 모두 다 변태 행위를 자중해주고 있으니까 순조롭다고 하면 순조롭다고 할 수 있지."

폐부 이야기가 효과가 있었던 건지, 요 며칠은 여학생들도 얌전히 있어 줬다.

어떤 의미로는 평온한 스쿨 라이프를 보내고 있다고도 말할 수 있었다.

"차라리 이대로 전부 참사람이 되면 좋을 텐데."

"그건 무리한 상담이야. 케이키의 펫이 되고 싶다는 이 마음은 누구도 막을 수 없어!"

"학생회의 감시가 사라지면, 사양 않고 케이키 선배를 노예 취급 할 거예요!"

"그렇겠지—."

역시 변태 소녀들의 갱생은 쉽게 되지 않을 것 같았다.

케이키가 아련한 눈을 하자, 그때까지 조용히 있던 미즈하가 입을 열었다.

"애초에 나가세는 왜 서예부를 폐부하고 싶어 하는 걸까? 규율을 지키기 위해서라곤 했지만, 그런 것치고는 너무 필사적인 것 같아……."

"확실히, 그 집념은 소름이 끼칠 정도지……."

모든 일의 시작은 케이키가 바니걸들에게 둘러싸인 현장을 아이리에게 들킨 것이었다.

그녀가 말한 대로 풍기를 문란하게 한 사건인 건 맞지만, 그렇다면 구두주의로 충분하고, 폐부로까지 몰아넣을 필요는 없을 일이었다.

만일 규율을 지키는 것 이외의 목적이 있다면 그건 뭘까?

"혹시 그 아이, 케이키에게 마음이 있는 거 아닐까?"

"네?"

생각을 가로막듯 내뱉은 사유키의 발언.

그냥 듣고 흘려버릴 수 없는 그 내용에 여자들의 표정이 굳어졌다.

"……그런 건가요, 케이키 선배?"

"어때? 키류?"

"오빠……?"

"그러니까……."

유이카와 마오, 미즈하 세 사람에게 추궁당하며 이마에서 식은땀이 송골송골 맺혔다.

"여, 역시 그건 아니지 않을까? 왜냐하면 나가세는 날 구역질 날 정도로 싫어하는 것 같으니까."

"케이키는 혐의를 완고하게 부정함."

"그건 유죄라고 단정 지을 때 쓰는 문장 아닌가요……?"

"솔직하게 불면 편해질 거야."

"불고 자시고, 정말 그런 사실은 없어요."

필사적으로 변명해도 의혹에 가득 찬 네 사람의 시선은 용의자에게 쏠린 채였다.

커피숍 한 모퉁이가 완전히 취조실로 변해 있었다.

"——알았어. 그럼 시험 삼아 '나가세가 케이키에게 호의, 혹은 그에 준하는 특별한 감정을 품고 있다'고 가정해보자."

진전되지 않는 수사에 지쳐버린 사유카가 가정의 이야기를 꺼내자,

"역시나…… 케이키 선배를 좋아한다면 바니걸 일로 화난 것도 납득이 되네요."

유이카가 자신의 고찰을 그럴싸하게 피로했고,

"확실히 좋아하는 남자가 다른 여자에게 둘러싸여 있으면 싫겠지."

미즈하가 묘하게 실감이 담긴 감상을 내뱉자,

"좋아하는 남자가 여자만 있는 서예부에서 치근대는 게 마음에 안 들고 그래서 서예부를 폐부시키고 싶다…… 그렇게 생각하면 앞뒤가 맞을지도."

마오가 결정적인 일격으로 난폭한 결론을 내렸다.

"만약에 그렇다면 키류가 남자 이외의 연인을 만드는 건 용인하기 어려울 텐데."

"오히려 여자 이외의 연인이 싫을 것 같은데."

다만, 아이리가 호의를 보이고 있을 가능성은 잠시 생각한 적이 있다.

구기대회 직후부터 바니걸 사건이 일어나기 직전까지, 나가세 아이리의 케이키에 대한 호감도는 확실히 상승되어 있었다.

남자를 싫어하는 아이리가 학생회에 권유했을 정도였다.

다른 부원들이 말한 것처럼 아이리가 케이키에게 호의를 품고 있다고 생각하면 납득할 수 있는 일이 많은 것 또한 사실.

(만약 정말 그렇다면…… 어이, 어이, 나도 꽤 죄가 많은 남자잖아.)

케이키를 향해 화를 내거나 독설을 내뱉은 것도 츤데레 특유의 애정표현이라고 생각하면 귀여운 데가 있었다.

어쩌면 쇼마에 이어 귀여운 여자친구를 손에 넣을 찬스일지도 모른다.

"응?! 지금 케이키가 히죽거리고 있어!!"

"케이키 선배?! 그런 무뚝뚝한 여자의 어디가 좋은 거예요?!"

"키류, 최악이야……."

"오빠? 바람은 절대 안 돼!"

"늘 생각하지만, 모두 나에게 하고 싶은 말을 멋대로 하는구나……."

잠시 핑크빛 망상을 한 정도로 이렇게 된다.

완전히 잊고 있었지만 케이키에게는 연인을 만들기 위한 조건이 있었다.

만약 가까운 미래에 귀여운 여자친구가 생긴다고 해도, 서예부 변태 소녀들의 방해로 파국을 맞이할 거라는 건 확실했다.

그걸 회피하기 위해서는 그녀들을 참사람으로 갱생시키는 '탈 · 변태 계획' 달성이 불가결했지만 아직 그 계획에 진전은 보이지 않았다.

"……나의 스쿨 라이프가 너무 전도다난해."

일단, 지금 목표는 나가세 아이리의 감시를 푸는 것이었다.

슬슬 모두의 스트레스도 한계인 것 같고, 이대로의 상태가 계속되면 누군가가 참지 못하고 변태적인 욕망을 폭발시킬 가능성도 있었다.

"정말, 어떻게 된 거지……."

아이리의 감시라든가, 아직 수습될 기색이 없는 여자들의 추궁이라든가.

생각할 게 너무 많아서 터지기 직전이라 케이키는 일단 모든 것을 잊기로 했다.

◇

"수고 많으십니다⋯⋯뭐야? 아무도 없어?"

커피숍에서의 회의 다음 날.

방과 후에 부실을 찾은 케이키를 맞이한 건 압도적인 정적이었다.

창문이 열려 있고, 의자 위에 가방이 두 개 놓여 있는 걸로 봐선 누군가가 먼저 온 건 틀림없었지만, 부실 안에 사람의 모습은 보이지 않았다.

음료수라도 사러 갔거나, 아니면 화장실이라도 간 거겠지.

일단 자신의 가방을 내려놓고 비어 있는 의자에 걸터앉았다.

멍하니 창밖을 바라보고 있는데 갑자기 쌀쌀한 느낌이 들어 재채기가 나왔다.

"에취! ⋯⋯으읏⋯⋯오늘은 좀 쌀쌀하네⋯⋯."

부르르 몸을 떨면서 코를 풀기 위해 비품인 각 티슈에서 휴지를 한 장을 빌렸다.

그런데, 마침 그 한 장을 끝으로 휴지가 다 떨어지고 말았다.

"방금 그게 마지막이었던 건가⋯⋯ 티슈는 분명 로커 안에 비축해둔 게 있었지."

예비 소모품은 대부분 거기 정리되어 있었다.

자리에서 일어난 케이키는 로커로 다가가 주저 없이 문을 열었다.

"⋯⋯아."

"⋯⋯응?"

갑작스럽지만 사건이 일어나고 말았습니다.

부실 로커 안에 나가세가 수납되어 있었던 것입니다.

"으아아아아아악?! 나, 나가세?!"

"쉿! 목소리가 너무 커요! 소란피우면 사람들이 올 거라
고요!!"

황갈색 양 갈래 머리를 휘날리며 불합리한 항의를 해왔지
만, 로커 안에 사람이 들어있으면 누구라도 동요할 것이다.

"아니, 나가세는 그런 곳에서 뭐 하는 거야?"

"그건⋯⋯그러니까⋯⋯."

난처한 듯 시선을 피하는 아이리.

묘한 분위기가 흐르기 시작한 그때, 부실 밖에서 익숙한
목소리가 들렸다.

"─이 학교는 자판기가 너무 멀어. 동아리 건물에도 설
치해야 한다고."

"─운동부족인 마녀 선배에게는 딱 좋은 거리라고 생각
해요."

멀리 떨어진 자판기에 대해 불평하는 사유키와 사유키의
운동부족을 지적하는 유이카.

서예부가 자랑하는 사이 나쁜 콤비의 발소리는 바로 앞까
지 다가왔고─.

"이런?! 키류 선배, 빨리 들어와요!"

"뭐? ……잠깐, 으아아악?!"

후배에게 팔을 붙잡힌 채로 눈 깜짝할 사이에 로커 속으로 끌려 들어갔고, 관 뚜껑처럼 문이 쾅 닫혀버렸다.

케이키와 아이리가 숨은 딱 그 타이밍에 사유키와 유이카가 부실로 들어왔다.

"……어라, 아직 아무도 안 왔네."

"하지만, 가방은 하나 늘었는데요?"

"진짜네. 화장실이라도 간 건가?"

그런 대화를 나누면서 두 사람이 의자에 걸터앉아 각자 손에 들고 있던 팩 주스를 마시기 시작했다.

사이가 좋은 건지 나쁜 건지 알 수 없는 사유키와 유이카의 모습을 통기구 틈으로 엿보면서 케이키는 자신을 끌고 들어온 후배에게 작은 목소리로 접촉을 꾀했다.

"(그래서? 왜 나까지 숨을 필요가 있는 건데?)"

"(선배만 남겨놓으면 분명 다른 사람에게 나에 대해 말할 거잖아요. 됐으니까 얌전히 계세요.)"

"(아니, 하지만, 이 자세는…….)"

그렇지 않아도 좁은 공간에 둘이나 들어가 있었다.

서로의 몸이 밀착되어 껴안은 것 같은 형태가 되어버렸고, 오른손에서 느껴지는 부드러운 감촉은, 분명 그녀의 허벅지였다.

"(잠깐?! 어딜 만지는 거예요?!)"

"(좁은 곳이니까 어쩔 수 없잖아!!)"

"(으윽……정말 최악이야. 어째서 이런 일이…….)"

"(그건 비교적 내가 해야 할 대산데…….)"

아무튼 이렇게 숨게 된 이상 사유키와 유이카가 나가는 걸 기다릴 수밖에 없었다.

로커에서 여자아이와 밀착하고 있다는 걸 들키면, 그 자리에서 재판이 열리고 말 것이다.

케이키가 공포의 미래를 상상하며 겁내고 있는데 아이리가 꼼지락꼼지락 몸을 꿈틀거렸다.

"(저기, 입김이 닿아서 기분 나쁘니까 호흡하지 마세요.)"

"너무 불합리하잖아!"

"(앗, 바보! 목소리가 너무 커요!)"

"(이런, 나도 모르게…… 윽?!)"

허둥지둥 입을 막고 통기구로 쭈뼛쭈뼛 로커 밖을 확인했다.

"……어라? 지금, 누군가의 목소리가 들리지 않았어?"

"글쎄요? 유이카는 못 들었는데요."

"이상하네…… 잘못 들은 건가?"

"마녀 선배도 참, 그 나이에 벌써 노인성 난청이에요?"

"전부터 생각했는데, 코가는 정말 건방진 것 같아. 조금 더 붙임성 있게 행동할 수 없어?"

"마녀 선배한테 줄 붙임성 같은 건 없거든요."

들키진 않았지만, 케이키의 목소리가 원인이 되어 두 사람이 싸우기 시작하고 말았다.

"애초에 마녀 선배야말로 요즘 너무 우쭐대는 거 아니에요? 일이 있을 때마다 케이키 선배에게 가슴을 눌러대면서 어필하고…… 가슴 좀 크다고 잘난 척하기는."

"딱히 커서 곤란한 일은 없잖아? 게다가 케이키는 글래머를 좋아하는걸."

"과연 정말 그럴까요? 전에 케이키 선배가 유이카의 가슴을 '반대로 배덕감이 있어서 흥분된다'고 칭찬해줬거든요."

그 순간, 아이리의 눈이 쓰레기를 보는 것처럼 변했다.

"(……키류 선배?)"

"(아니야. 가슴의 가치는 사이즈가 다가 아니라는 걸 전하고 싶었을 뿐이라고.)"

큰 가슴은 분명 멋지지만 작은 가슴도 똑같이 멋있답니다.

그건 그렇다 치고, 유이카와 사유키의 대화는 계속되었다.

"어쨌든, 유이카의 가슴에도 수요가 있다는 뜻이에요."

"훗, 패배자의 비난 따위."

"앗, 지금 코웃음 친 거예요?! 날 바보 취급 하다니!"

"그렇게 신경 쓰이면 가슴 키우는 방법을 가르쳐줄까?"

"그런 꿈만 같은 방법이?! ……무슨 덫인가요?"

"순수한 선의야. 여자에게 가슴 크기는 남자의 중요 부위 사이즈와 똑같을 정도로 예민한 화제니까."

"마녀 선배……."

감동으로 눈물을 글썽이는 후배에게 사유키가 부드럽게 미소 지었다.

"왜, 옛날부터 주무르면 커진다고들 하잖아?"

"기대한 유이카가 바보였어요! 그런 게 효과가 있을 리가 없잖아요!"

"어머, 시험해보지 않으면 모르잖아. ―그러니까, 내가 주물러줄게."

"네? ―잠깐, 그만해요?! 꺄아악?!"

갑자기 유이카의 입에서 달콤한 비명이 새어나왔다.

자리에서 일어나 후배의 등 뒤로 돌아 들어간 사유키가 그 양손으로 유이카의 가슴을 주무르기 시작했다.

"잠깐, 마녀 선배?! 아, 안 돼……아앙?!"

"후후, 코가도 기분 좋을 땐 귀여운 소리를 지르는구나."

저항하는 유이카였지만 힘의 승부에선 체격이 큰 사유키의 손을 들어줄 수밖에 없었다.

결과, 금색 머리칼의 소녀는 변태 소녀에게 계속 당해야만 했다.

(정말 멋진 광경이야…….)

미소녀가 미소녀의 가슴을 주무르는 모습은 성스럽기까지 했다.

뭔가 이렇게, 봐서는 안 되는 걸 보고 있는 것 같아서 흥분이 되고.

유이카의 반응이 너무 생생해서 더 이상 보고 있을 수 없게 된 케이키가 로커 안으로 시선을 돌리자, 아이리가 얼굴을 새빨갛게 물들인 채 두 사람의 추태를 바라보고 있었다.

"와아아아아아아……."

뻐끔뻐끔 알아들을 수 없는 말을 하며, 부들부들 몸을 떨고 있는 모습은 고장 직전의 로봇 같았다.

진지한 성격의 그녀에겐 자극이 너무 강했을지도 모른다.

"─정말! 적당히 좀 하세요!"

"미안. 코가가 예상 외로 귀여운 반응을 보여주니까 우쭐해버렸어."

"……마녀 선배, 실은 그쪽으로 마음이 있는 거 아니에요?"

"실례잖아. 난 이성애자야. 그냥 남자가 좋다고."

유이카가 의혹의 눈으로 바라보았지만, 사유키가 선뜻 피하며 서비스 타임은 종료.

그 이후, 주스를 마시고 화장실에 가고 싶어진 두 사람이 함께 부실을 나섰다.

이 기회를 놓칠 순 없었기 때문에 케이키와 아이리도 로커에서 탈출했다.

"굉장한 걸 보고 말았어……."

"그러게요…… 뭐, 남자의 눈이 없을 때의 여자들은 비교적 저런 느낌이지만요."

"그, 그렇구나……."

알려지지 않은 여자의 생태를 알게 되고 말았다.

그 이야기도 굉장히 흥미 깊었지만, 지금은 그것보다 우선해야 할 사안이 남아 있었다.

"그래서, 나가세는 어째서 로커 안에 있었던 거야?"

"윽…… 기억하고 있었어요?"

"잊을 리가 없잖아. ……뭐, 나가세니까 어떻게든 나의 악행의 증거를 붙잡으려고 강경수단에 나선 거겠지만."

"……."

케이키가 추리를 전개하자, 아이리는 아무 말 없이 눈을 피했다.

이 정도로 알기 쉬운 범인은 따로 없겠지.

"일에 열심인 건 좋지만, 이건 아무리 그래도 너무 심한 거 아니야?"

"윽……."

"로커에 숨어서 몰래 엿듣다니, 윤리적으로 좀 그렇다고 생각해."

"으윽……."

"솔직히, 공정한 방법은 아니라고 생각하는데."

"으으윽……."

정론은 가끔 사람을 궁지에 몰아넣는다.

본성이 진지한 인간이면, 그럴수록 규탄받았을 때의 데미지는 큰 법이니까…….

"그치만 어쩔 수 없잖아요!"

케이키에게 비난을 받으며 결국 울상이 된 아이리가 어린 애처럼 부르짖었다.

"나도 어떻게 됐다고 생각하지만! 그래도 어쩔 수 없잖아요! 왜냐하면, 왜냐하면 난—키류 선배가 서예부 부원들과 함께 있는 걸 용납할 수 없으니까!"

"뭐?"

"키류 선배 바보!!"

"응?! 나가세?!"

제지를 뿌리치고 아이리가 부실을 뛰어나갔다.

혼자 남겨진 케이키는 열린 문을 멍하니 바라볼 수밖에 없었다.

"……내가 서예부 부원들과 있으면 나가세가 싫어한다고?"

그건 흔히 말하는 '질투'라는 거 아닌가?

뇌리를 스쳐 지나간 건 나가세 아이리가 누구 씨에게 호의를 품고 있다는 가정의 이야기.

서예부 모두에게는 그건 절대 아니라고 부정했지만…….

"이건 혹시……정말 '아이리 루트'의 플러그가 서버린 건가?"

의문에 답하는 목소리는 물론 없었다.

몇 번이나 문자를 보냈지만 아이리에게서 답장이 오는 일은 없었다.

◇

다음 날 방과 후. 중앙 정원 벤치에 걸터앉은 케이키는 멍하니 생각을 하고 있었다.

마음에 걸리는 건 물론 아이리의 일.

부실을 뛰어나갔을 때의, 지금이라도 울어버릴 것 같은 그녀의 옆얼굴이 목에 걸린 생선의 잔가시처럼 머릿속에서 떠나지 않았다.

"……오늘은 부실에도 오지 않았고, 역시 말이 너무 심했던 걸까?"

지금까지 몇 번인가 아이리를 화나게 해버린 적은 있었다.

다만, 이번에는 사정이 좀 복잡해서, 그녀의 진의가 명확하지 않았기 때문에 해결의 실마리를 찾을 수 없었다.

결과적으로, 이렇게 쓸쓸한 장소에서 저녁때가 될 때까지 앉아있을 수밖에 없었던 것 —.

"—꽈악~."

이런 식으로 야생의 학생회 부회장에게 뒤에서 끌어안긴 것도 여자를 화나게 한 벌일지도 모른다.

"저기…… 후지모토? 뭐 하는 거야?"

"오랜만에 만났으니까 충전하려고. 킁킁."

"오랜만에 만났다고 해서 남의 냄새를 맡지 말아줘!"

목을 끌어안은 상태로 코를 킁킁거리고 있는 아야노를 떼어 내자, 그녀는 의외로 얌전히 따른 후, 옆에 털썩 앉았다.

그리고 앞머리로 가리지 않은 쪽 눈으로 빤히 케이키를 바라보았다.

"키류, 왠지 기운이 없는 것 같은데?"

"아─응. 나가세랑 살짝 싸웠거든. ……나가세, 학생회에는 나왔지? 상태가 이상하진 않았어?"

"보기에는 평소와 다름없었는데."

"그래……?"

"걱정 안 해도 아이리는 키류를 싫어하지 않을 거야."

"어째서?"

"전에 아이리가 가르쳐줬거든. 곤란했을 때 키류가 구해 줬다고."

"아아…….."

구기대회 때, 고양이에게 빼앗긴 그녀의 팬티를 되찾아준 것 말이겠지.

그 사건을 계기로 아이리가 살짝 마음을 열어줬었다.

"아이리는 남자를 싫어하니까, 그런 식으로 누군가에 대해 말하는 건 처음이었어. 아마도 키류가 구해준 게 기뻤을 거야."

"……."

"그러니까 괜히 더 용서할 수 없었을지도. 키류의 문란한 하렘 생활을."

"문란한 하렘 생활 따위 보낸 적 없어."

아야노는 아이리처럼 학생회 임원이니까 지금까지의 경위도 듣고 있었던 거겠지.

"하지만 그래…… 그래서 나가세가 그렇게 화를 낸 거구나."

분명 아이리는 케이키를 신뢰하고 있었을 것이다.

남자를 싫어하는 그녀가 자신의 영역에 있는 학생회에 케이키를 초대한 것도, 신용할 만한 인물이라고 인정해줬기 때문일 것이다.

그런데 케이키는 그녀의 신뢰를 배신하고 말았다.

바니걸을 4명이나 옆에 둔 남자의 어디에 '성실'함이 있을까.

보내고 있던 신뢰가 컸던 만큼, 배신당한 분노도 컸을 것이다.

"아이리는 꽤 귀찮은 성격이지만."

"으, 응……."

"한 번 마음을 열면 굉장히 귀여운 아이야."

"그건 알 것 같아."

"그러니까 그 아이와 화해해줬으면 좋겠어. 키류와 친해지는 건 분명 아이리에게 플러스가 될 거라고 생각해."

"후지모토……."

아야노가 보여준 부드러운 미소에 왠지 마음이 뜨거워졌다.

"나, 나가세랑 이야기를 해볼게."

어쨌든 여기서 죽치고 있어 봤자 문제는 해결되지 않는다.

제대로 화해를 할 수 있을지는 모르지만, 어쨌든 도전해보자.


아야노에게서 아이리는 학생회실에 있다는 정보를 받고, 케이키는 즉시 그녀를 만나러 갔다.

정보는 정확해서, 확실히 목적하는 인물을 만날 수 있었지만…….

"설마 낮잠 중일 줄이야……."

학생회실에 찾아갔을 때, 아이리는 테이블에 엎드려 잠들어 있었다.

노크에 반응이 없었던 시점에서 예상하고 있었지만, 다른 임원들은 다 나가고 없는 듯했다.

일하던 중이었겠지. 잠든 아이리 옆에는 노트북이 기동된 상태로 놓여 있었고, 게다가 그 주위에는 몇 장이 사진이 불규칙하게 흩어져 있었다.

"이건…… 서예부 사진?"

연습지 위에서 붓을 움직이고 있는 유이카와 사유키, 담소를 나누는 마오와 미즈하가 찍혀 있는 것도 있었고, 서예부 모습을 촬영한 사진들은 꽤 양이 많았다.

"그러고 보니, 조사 자료로 쓴다면서 디지털 카메라를 갖고 왔었지……."

조사를 위해 서예부에 들르면서 아이리는 열심히 서예부 모습을 촬영했다.

활동 조사니까 자료로서 사진을 찍는 건 특별히 부자연스러운 일은 아니었다.

"하지만 그렇다고 해도 뭔가……."

포니테일을 한 사유키의 목덜미라든가, 유이카가 주스 빨대를 물고 있는 순간이라든가, 피사체가 굉장히 무방비하다고나 할까, 제법 특수한 상황의 사진이 많은 것 같은데……?

"……응?"

문득 켜져 있는 노트북에 위화감을 느끼고 화면을 들여다보았다.

희미한 빛을 내뿜는 액정화면에는 문장이 빽빽이 담겨 있었는데, 표시된 문자의 나열 중에 웬일인지 '사유키'와 '유이카'의 이름이 있었다.

"왜 두 사람의 이름이……."

흥미가 생겨 확인해보니, 그건 터무니없는 내용이었다.

석양이 들어오는 방 안, 드러난 작은 가슴을 만져대자 달콤하고 황홀한 미지의 감각에 유이카는 몸을 떨었다.

"하앗……?! 흐……으응……."

"후후, 귀여운 목소리네. 설마 코가와 이런 사이가 될 줄은 몰랐어."

기쁜 듯 말하면서 등 뒤에서 부둥켜안은 사유키가 후배의 유방을 애무했다.

그녀들은 둘 다 속바지밖에 입지 않은 선정적인 모습이었고, 서예부 부실에는 두 사람이 벗어던진 교복과 브래지어, 양말 등이 여기저기 흩어져 있었다.

당연히 두 사람 이외의 사람은 없었고, 그녀들의 행위를 방해할 것은 아무것도 없었다.

사유키의 손가락이 작은 가슴을 가지고 놀 때마다 방 안에 귀여운 비명이 울려 퍼졌다.

"흐아앗?! 이……이제 안 돼에에……!!"

계속 가슴을 괴롭힘 당하면서, 한계를 맞이한 유이카가 외쳤다.

겨우 애무의 자극에서 해방된 그녀는 녹초가 되어 테이블 위에 가로누웠다.

음란하게 열린 유이카의 입에서는 뜨겁고 축축한 한숨이 새어나왔고, 흰 눈을 연상시키는 뺨은 석양 속에서도 알 수 있을 정도로 빨갛게 물들어 있었다.

그래도 살짝 촉촉해진 푸른색 눈동자는 다음 행위를 기대하는 것처럼 사유키의 모습을 바라보고 있었다.

"코가…… 정말 괜찮은 거지?"

"네…… 유이카의 처음을 마녀 선배에게 줄게요."

고백과도 같은 말을 늘어놓으며 유이카는 스스로 속바지를 벗어던졌다.

"후후, 착한 아이네. 상으로— 이제 돌아갈 수 없을 정도로 푹 빠지게 해줄게."

속삭이듯 말하며 똑같이 속옷을 벗은 사유키가 유이카의 목덜미에 키스했다.

그리고 후배의 부끄러운 부분에 손가락을 뻗어 굳게 닫힌 꽃봉오리를 풀듯 금단의 쾌락을 새기고 있었다—.


"으, 으흑……."

지독한 두통이 덮쳐와 케이키는 자신도 모르게 이마에 손을 올렸다.

컴퓨터에 빽빽하게 쓰여 있던 건 금단의 사랑을 그린 이야기—아무도 없는 방과 후 부실에서 알몸의 두 소녀가 음란한 행위에 빠지는 굉장히 파렴치한 단편소설이었다.

"이런 야한 소설을 나가세가 쓴 건가……?"

성실한 학생회 임원에게 설마 하던 스캔들 발각.

편집적인 사진도 이렇게 되면 비뚤어진 의도가 있었다고밖에 생각할 수 없었다.

"……으응? 누구?"

케이키의 소리에 반응한 건지, 잠들어 있던 공주님이 살며시 눈을 떴다.

"아아, 안녕, 나가세."

"키류 선배? 왜 여기……잠깐, 으아아아아아악!! 뭘 보고 있는 거예요?!"

"나가세의 컴퓨터."

"다른 사람의 컴퓨터를 멋대로 보다니, 파렴치해요!"

"파렴치한 건 나가세잖아! 부실에도 나오지 않고, 학생회실에 틀어박혀서 이런 야한 소설을 쓰고 있었다니! 역시 예상 밖이었어!"

"그, 그건……부실에서 두 사람의 그런 장면을 봤으니까, 영감이 떠올라서 쓰지 않고는 가만히 있을 수 없었다고나 할까……."

얼굴을 붉힌 후배가 어딘가의 부녀자 같은 말을 꺼냈다.

"그것보다, 야한 소설이라고 말하지 마세요! 이건 여자들끼리의 신성한 행위니까요!"

"신성한 행위라니……."

서서히 수상해지는 아이리의 발언에 케이키 안에서 한 가지 의혹이 생겼다.

"나가세는…… 혹시 여자가 연애 대상이야?"

"아, 아뇨?! 전 여자끼리 알콩달콩 지내는 그런 광경을 좋아해요! 보고 있는 것만으로 만족할 뿐, 제가 그렇게 되고 싶은 건 아니에요!"

"흐음……."

"의심스러운 눈으로 보지 마세요! 저, 정말이니까요!!"

"그쪽 의혹은 그렇다 치고, 야한 소설을 쓰는 시점에 이미 변태라고 생각해."

"변태?!"

정리하면 그녀는 BL에 목숨을 건 난죠 마오와는 정반대의 존재.

여자들끼리의 사랑을 좋아하는 백합 작가였다.

"그럼 나가세가 서예부를 폐부시키려고 한 이유는……."

"그러니까 처음부터 말했잖아요. 당신의 마수에서 서예부 여학생들을 구하기 위해서라고. 한창때의 남자가 그런 아름다운 여학생들과 함께 있으면서 욕망을 억누를 수 있을 리가 없으니까. 토끼가 들어있는 우리에 배고픈 사자를 풀어놓는 격이라고요."

"뭐, 그런 결말이겠지……."

그녀가 폐부에 집착한 이유는 케이키에게 호의를 가지고 있었기 때문이 아니라, 하렘 의혹이 있는 난봉꾼에게서 여성들의 정조를 지키기 위해서였다.

"하지만, 그럼 왜 날 학생회에 권유한 거야? 학생회 임원들도 전부 여자들이라고 들었는데."

"제 눈이 닿는 범위에 있으면 선배도 여자들에게 이상한 짓은 못할 테니까요."

"아아, 위험인물을 구태여 감시하에 두는……."

대우가 완전히 범죄예비군을 대하는 그것이었다.

"어, 어쨌든! 이 일은 아무에게도 말하지 마세요!! 학생회 사람들에게도 비밀로 하고 있으니까요!"

"이런 위험한 소재는 말하고 싶어도 말 못 해."

사유키와 유이카가 모델인 백합 소설의 존재를 말할 수 있을 리가 없었다.

애초에 성실한 학생회 임원이 과격한 음란 소설을 쓰고 있다는 건 아무도 믿지 않겠지.

"키류 선배에게 취미를 들킨 건 유감이지만…… 뭐, 그건 됐어요. 오히려 수고를 덜었죠. 가까운 시일 내에 선배를 여기로 부를 생각이었으니까요."

"날?"

물음표를 띄우는 상급생에게 아이리가 웃는 얼굴로 고개를 끄덕였다.

"실은 저―서예부를 폐부하기 위한 비장의 카드를 찾았거든요."

"……뭐?"

그녀가 찾아냈다는 서예부를 폐부로 만들기 위한 비장의 카드.

그 정체와 절대적인 위력을 케이키는 이후 몸소 알게 되었다.


오래간만인 변태 발각 이벤트로부터 20분 정도 지났을 무렵.

학생회실에는 교내방송으로 호출된 토키하라 사유키의 모습이 보였다.

케이키가 연행됐을 때처럼 학생회장인 타카사키 시호가 착석하고 있었고 그녀 옆에 아이리가, 테이블을 사이에 두고 맞은편에 사유키와 케이키 두 사람이 앉아 있었다.

"……그래서? 이런 곳으로 불러내다니, 대체 무슨 일이야?"

"그렇게 서두르지 않아도 금방 끝날 거예요."

의아한 사유키의 물음에 아이리가 시치미를 뗀 얼굴로 대답했다.

"지금부터 할 건 서예부의 앞으로에 대한 이야기예요."

"……무슨 뜻이야?"

"글쎄요. 우선 이걸 좀 봐주시겠어요?"

그렇게 말하며 그녀가 테이블 위에 올려놓은 건 2장의 종 잇조각.

천 엔짜리 지폐 정도 크기의 그것을 케이키가 들어보았다.

"이건…… 영수증?"

"그건 서예부 여러분이 입고 있던 바니복 4벌을 서예부 경비를 사용해 구입했다는 걸 나타내는 영수증입니다."

"뭐라고?!"

서둘러 2장의 영수증을 확인해보니, 6월 초에 한 벌, 그리고 최근에 3벌의 바니복을 구입한 사실이 기록되어 있었다.

구입일이 오래된 한 벌은 유이카 거겠지.

그녀가 처음 바니걸이 된 게 그 정도 시기였을 것이다.

"……사유키 선배? 이게 어떻게 된 건가요?"

"아, 아니야."

"내 눈을 보고 말씀해주세요."

노골적으로 눈을 마주치려고 하지 않는 상급생.

그 반응을 보고, 아이리가 하는 말이 사실이라는 걸 확신했다.

"그것보다, 어째서 나가세가 그걸 갖고 있는 거야? 서류 케이스 안쪽에 숨겨뒀을 텐데."

"전날, 문화부를 대상으로 비품 체크를 했죠?"

"아, 바니걸 사건이 일어났던 날 나가세가 말했던 그거 말이지?"

그때는 여러 가지 일이 생기는 바람에 제대로 못 했기 때문에 뒷날 다시 실시했었다.

"그때, 토키하라 선배가 제출한 비품 관계 영수증 속에 섞여 있었어요. 아마 서류를 정리할 때 실수로 섞여 들어갔겠죠."

"어떻게 그런 일이……."

화려한 자폭이었다.

너무나도 자업자득인 상황이라 도와줄 수 없는 레벨.

"소중한 경비를 이런 일에 쓰다니, 용납할 수 없어요. 시호 선배, 학생회장으로서 서예부에 걸맞은 처분을 부탁드립니다."

"으—음, 그래……."

의견을 요구받으며 지금까지 경위를 지켜보고 있던 시호가 언짢은 표정을 지었다.

"이건 폐부도 부득이하다고 할 수 있겠지?"

"그, 그런!!"

"당연하잖아요. 부비는 부의 활동을 풍성하게 하기 위해 있는 거지, 바니복을 사기 위한 게 아니니까요."

"찍소리도 못할 정도의 정론!!"

이때, 서예부 두 사람은 분명 똑같은 생각을 하고 있었을 것이다.

제대로 궁지에 몰렸다. 이제 완전히 폐부 확정이라고—.

그 정도로 아이리의 지적은 정확했고, 어떻게 생각해봐도 사유키의 행위가 너무 좋지 않았다.

"그럼 바로 고문 선생님께 보고하고 폐부 수속을 밟도록 하죠."

"잠깐만, 나가세!"

"키류 선배?"

자업자득이라고는 해도, 서예부는 사유키에게 소중한 장소였다.

당시 선배들이 졸업한 후, 혼자가 되어서도 지키려고 했던 그녀의 보금자리.

그걸 알고 있기 때문에 케이키는 여기서 끝낼 수 없었다.

"이번 일은 확실히 우리가 잘못했어. 하지만 서예부는 사유키 선배에겐 둘도 없는 장소야. 사용한 부비는 어떻게든 마련할 테니까 조금만 유예해주면 안 될까?"

"케이키……."

뭐, 그런 느낌으로 폼을 잡아봤지만.

현실은 체리보이가 생각하는 만큼 만만치 않았다.

"키류 선배가 내실 거예요? 바니걸 의상비가 꽤 비싼데요."

"꽤 비싸다고?"

"한 벌에 2만 엔 정도예요."

"2만 엔?!"

다시 두 장의 영수증을 확인해보니, 의상비 합계 금액은 8만 5천 엔이었다.

절대로는 아니지만, 일개 고등학생이 선뜻 낼 수 있는 금액이 아니었다.

"내가 주문한 건 소재를 까다롭게 고른 고품질 바니복이야. 이왕이면 좋은 걸 갖추려고."

"뭐예요, 그 불가사의한 고집은?!"

"참고로 나의 바니복은 가슴 사이즈 관계로 특별히 주문 제작한 거라서 의상 가격도 플러스 5천 엔인 특별한 물건이야."

"으아아아아아악?!"

끝자리의 5천 엔은 그녀의 큰 가슴이 원인이었다.

통상 규격에 맞지 않는 죄 많은 가슴에게 벌을 주고 싶었다.

"지금 당장 낼 수 있다면 모르겠지만, 그런 게 아니라면 기다려줄 의리는 없어요. 당신들의 부정을 용납하면 성실하게 생활하고 있는 다른 부를 대할 낯이 없으니까요."

"크윽⋯⋯."

최악의 결말만은 피하려고 호소해봤지만 아이리는 수긍해주지 않았다.

발버둥을 쳐보려고 해도 교섭할 재료가 없었다.

폐부를 각오한 그때, 구원의 손길을 내민 건 의외의 인물―.

"⋯⋯저기, 아이리? 좀 기다려줘도 괜찮지 않을까?"

"시호 선배?! 갑자기 무슨 말을 하시는 거예요?!"

동료의 배신에 아이리의 목소리가 거칠어졌다.

갑작스러운 양보에 케이키도 당혹스러움을 숨기지 못했다.

"확실히 부비를 사사로이 써 버린 건 잘못이지만, 토키하라도 반성하고 있는 것 같고. 게다가 키류에게는 학생회 일로 도움을 많이 받았잖아?"

"그건……."

"키류가 후의를 베풀어줬으니 이번에는 우리가 갚아야지."

그렇게 말한 시호의 미소에 아이리가 졌다는 듯 한숨을 내쉬었다.

"……알겠습니다. 잠시 동안 부비 변제를 기다려줄게요."

"으응……."

"……휴우."

일단 유예를 얻어 케이키와 사유키는 둘 다 가슴을 쓸어내렸다.

"다만 너무 오래는 기다리지 않을 테니까 변제 기한은 이번 달 말까지로 할게. 그때까지 사용한 돈을 갚도록."

"알겠습니다."

지금이 10월 초니까 부여받은 시간은 약 한 달이었다.

"하지만 시호 선배, 서예부에는 뭔가 벌칙이 필요하다고 생각해요. 부정을 저질렀음에도 페널티가 없으면 다른 학생들에게 본보기가 되지 않을 테니까요."

"응. 실은 그것에 대해서는 좀 생각해둔 게 있어."

빙긋 미소 지으며 학생회장이 이 자리에서 유일한 남자에게로 시선을 돌렸다.

"이번 일의 페널티로서 서예부 경비 변제가 끝날 때까지 키류가 학생회 임시 임원으로서 일하게 될 거야."

"……네?"

이렇게 케이키는 빚에 대한 담보로 학생회에 팔려가게 되었다.

## 제2장 그래서 그녀는 아르바이트를 못 해

서예부 부장에 의한 부비 부정 사용이 발각된 다음 날.

따끈따끈한 햇볕이 기분 좋은 점심시간 부실에서 케이키와 사유키 두 사람은 아르바이트 구인 잡지를 훑어보고 있었다.

"좀처럼 괜찮은 일자리가 안 보이네……."

"조건이 좋은 곳에는 이미 누군가가 응모했으니까요."

구인모집은 많이 있었지만, 그럭저럭 조건이 좋고 게다가 고등학생도 할 수 있는 아르바이트는 선택지가 한정되어 있었다.

"아, 이건 어때? 개인실에서 손님의 이야기 상대를 하는 것만으로도 일당 5만 엔. 다만 응모는 여성에 한함, 이래."

"그런 건 정말 하면 안 되는 거예요."

돈벌이가 되는 일이었지만 말 못 할 사정이 있는 그런 계통의 일이었다.

일당 5만 엔이라니, 분명 평범하지 않았다.

"수상한 구인모집에 빠지지 말고 진지하게 찾아보세요. 변제 기한까지 한 달도 안 남았으니까, 최대한 빨리 알바 자리를 찾지 않으면 시간에 맞출 수 없게 될 거예요."

"애초에 왜 나만 알바를 해야 하는 건데?"

"사유키 선배만 변제 목표를 세우지 못했으니까요."

사유키가 부비로 바니복을 구입한 사건이 발각된 후, 서예부 내에서 긴급회의가 열렸고, 떠안은 빚은 연대책임이라는 형태로 여자 4명이 분담해서 부담하기로 했다.

한 벌에 2만 엔인 의상비는 거금이었지만 사유키 이외의 세 사람은 이미 재원을 확보한 상태였다.

"미즈하는 저금한 세뱃돈으로 갚겠다고 했고, 난죠도 동인지 판매액이 있는 것 같고, 유이카는 아버지가 내주실 것 같아요. 졸랐더니 단번에 내준다고 했다면서."

"코가는 너무 응석 부리는 것 같아……."

"사유키 선배도 용돈 가불 같은 건 못해요?"

"그것도 검토했지만 이미 2개월 정도 가불한 상태라 무리였어."

"그럼 역시 알바를 할 수밖에 없겠네요."

"그렇긴 한데, 솔직히 말해서 일하기 싫어……."

"그렇게 전형적으로 한심한 대사를 내뱉어봤자…… 돈을 갚지 못하면 서예부가 폐부된다고요."

"으윽…… 알고 있어……."

어린애처럼 입을 삐죽 내미는 상급생.

손에 들고 있던 잡지를 내팽개치고 그녀 자신도 테이블에 푹 엎드렸다.

"아―아…… 어딘가에 조건 없이 날 사랑해주고 제한 없이 용돈도 주고 집 밖에서 산책 플레이도 시켜주는 멋진 주인님은 없을까?"

"그런 인간이 있을 리가 없잖아요?"

"그래도 난 서예 세계에서는 장래를 촉망 받는 여자야. 그런 내가 적은 시급을 받으며 땀을 뻴뻴 흘리며 일하다니, 재능 낭비라고 해도 좋은 상황이라고."

"……."

그 발언에 케이키 안에서 '파직' 하고 무언가가 끊어지는 소리가 들렸다.

조용히 일어난 집행인은 자신을 화나게 한 괘씸한 자에게로 다가갔다.

"사유키 선배……."

"뭐, 뭐야? 그런 무서운 얼굴을 하고, 왜 그래?"

"선배는 아무래도 자신이 처한 입장을 모르는 것 같군요."

"뭐, 케이키? ……윽, 꺄아악!"

사유키가 비명을 지른 건 접근한 후배가 몸을 들어 올렸기 때문이다.

시치미 떼는 얼굴로 그녀를 겨드랑이에 낀 케이키는 그대로 의자에 걸터앉았다.

"잠깐, 케이키?! 날 어떻게 할 생각이야?!"

"이렇게 할 거예요."

버둥대며 날뛰는 상급생을 엎어 놓은 상태로 무릎 위에 올리고, 드러난 큰 엉덩이를 겨냥해서 번쩍 든 오른손을 마음껏 내리쳤다.

"까악?!"

엉덩이에 손바닥이 작렬하며 '찰싹!' 하고 기분 좋은 소리
가 울렸다.

갑작스러운 체벌에 사유키가 얼굴을 새빨갛게 물들이며
당황한 채 소리를 높였다.

"케, 케이키?! 대, 대, 대, 대체 무슨 짓을?!"

"무슨 짓이냐고요? 당연히 벌을 주고 있는 거죠. ―흐아
아아앗!!"

"하아아앙?!"

"아직 멀었어요!!"

"그, 그렇게 몇 번이나 때리면……아, 아아아아아아앙!!"

탄력 있는 건방진 엉덩이에 몇 번이나, 몇 번이나 손바닥
을 내리쳤다.

이른바 '엉덩이 찰싹찰싹'이 집행될 때마다 그녀의 입에서
비명이 솟구쳤다.

"선배가 횡령을 해서 이런 상황이 된 거잖아요!! 그래놓고
뭐?! 일하기 싫다니, 우릴 얕보는 거예요?!"

"죄, 죄송합니다아아아!!"

"가슴이 큰 것만으로는 만족하지 못하고, 태도까지 빅 사
이즈라니, 사람으로서 부끄럽지 않아요?!"

"아얏!! 미안해! 내가 잘못했어!!"

"제대로 반성했어요?!"

"해, 했어요! 반성했으니까 그만해! 부탁이니까 하지 마! 아니, 좀 더 해줘!!"

"대체 어느 쪽이에요…….."

"하아하아…… 케이키가 엉덩이를 때려주다니, 최고의 상이었어."

"이러니까 변태는…….."

남자에게 엉덩이를 맞고 있는데 사유키는 진심으로 즐거워 보였다.

체벌이 상으로 바뀌다니, 도M의 변태 소녀를 어찌할 도리가 없었다.

이대로는 해결이 나지 않을 것 같다고 판단한 케이키는 엉덩이를 흠씬 때려주던 손을 멈추고 그녀의 몸을 들어 올려 바닥 위에 가만히 세웠다.

"……응? 어, 어째서? 왜 관두는 거야?"

"그거야, 내가 선배를 기쁘게 해줄 이유가 없으니까요."

"그건…….."

차갑게 뿌리치자, 사유키가 버림받은 강아지 같은 표정을 지었다.

예상했던 반응에 케이키는 히죽 입꼬리를 끌어올렸다.

"더 해줬으면 좋겠어요?"

"워, 원해! 해줬으면 좋겠어!"

"그럼 열심히 알바를 찾아주세요. 선배가 제대로 일해서 부비 변제가 끝나면 원하는 만큼 상을 줄게요."

"아……."

엉덩이를 얻어맞은 감각을 떠올린 것인지, 새하얀 뺨을 핑크빛으로 물들인 사유키가 몸을 부르르 떨었다.

대상의 행동 원리만 이해하고 있으면 마음을 유도하는 건 간단한 일.

펫을 길들일 때와 같았다.

보상의 맛을 기억하게 한 다음 그걸 넌지시 비치며 자신의 말을 듣게 하면 된다.

"자, 어떻게 하실래요?"

"아, 네! 저, 열심히 아르바이트할게요!"

황홀한 표정으로 노동을 맹세하는 상급생.

그 이후, 그녀는 바로 알바 응모처를 결정했다.


HR이 끝나고, 가방을 들고 교실을 나온 케이키는 복도 구석에서 바깥 풍경을 바라보며 울적하게 한숨을 내쉬었다.

"오늘부터 학생회 출근인가……왠지 긴장되는데……."

"임시 임원이고 그렇게까지 골똘히 생각할 필요 없는 거 아니야?"

어이없다는 듯 태클을 건 인물은 같이 교실을 나온 난죠 마오였다.

"키류는 이따금 일을 도와줬으니까 이제 와서 긴장할 것 없잖아."

"그래, 그것도 그렇지. 그렇게 생각했더니 마음이 편해졌어."

"뭐…… 내 입으로 말하는 것도 좀 그렇지만, 아무리 그래도 너무 단순한 거 아니야?"

실제로 케이키는 몇 번인가 학생회에 출입했었다. 아야노의 요청으로 필요 없어진 비품을 창고로 옮기거나, 아이리에게 명령을 받아 서류 정리를 도와주거나.

그 덕분에 시호에게 인정을 받아 부비 변제 기간을 유예하게 된 것이다.

아는 사람들뿐이니까 괜히 마음의 준비를 할 필요는 없을지도 모른다.

"그것보다 부장의 알바 찾기는 괜찮을까? 솔직히 키류보다 그쪽이 더 걱정인데."

"괜찮을 거야. 낮에 괜찮은 구인광고를 찾아서 바로 면접을 보러 간다고 했으니까."

"그래? ……하지만 그렇게 되면 당분간 서예부는 쉬게 되겠네."

"아…… 사유키 선배가 알바를 시작하면 그렇게 되려나."

부장이 알바를 시작하고 케이키도 학생회에 출장을 가게 되면 부실에 모이는 건 어려워지겠지.

"그런데 학생회에 남자 임원은 있어?"

"응? 없을 것 같은데. 전에 후지모토가 여자들뿐이라고 했거든."

"뭐야…… 새로운 소재를 건질 수 있을 줄 알았는데."

"난죠는 대체 뭘 기대한 거야……."

"독자들은 늘 신선한 소재를 원하니까. 슬슬 새로운 남자 캐릭터를 등장시키고 싶었는데……."

"기대한다고 해도 없는 건 없는 거야."

"쳇…… 뭐, 됐어. 부실을 쓸 수 없게 된 이상 오늘은 집에서 원고나 그려야겠다."

"별로 응원하고 싶지 않지만, 힘내."

"고마워. 키류도 학생회 일 열심히 해."

가볍게 손을 흔들고 떠나는 동급생의 뒷모습을 배웅했다.

"당분간 서예부는 쉬게 되는 건가……."

아직 확정된 건 아니지만 사유키의 알바가 결정되면 그렇게 될 가능성이 높았다.

서예부 멤버들과 만날 수 없게 된다고 생각하면 왠지 좀 쓸쓸해지는데—.

"……아니, 별로 쓸쓸하지 않아. 생각에 따라서는 당분간 변태들 상대를 안 해도 된다는 뜻이니까."

오히려 학생회에서의 일이 살짝 기대됐다.

교실 건물 3층, 복도 막다른 곳에 있는 학생회실 문을 노크했다.

대답을 기다린 후 안으로 들어가자 세 명의 여학생이 테이블을 둘러싸고 앉아있었다.

"아, 제대로 왔네. 이쪽이야, 이쪽."

자리에서 일어난 시호의 손짓에 그녀의 옆으로.

살짝 긴장하면서 앞으로 나아가자 아야노가 작게 손을 흔들어주었다.

"이미 다들 알고 있겠지만 이쪽이 오늘부터 임시 임원으로서 일해줄 키류야."

"키류 케이키입니다. 오늘부터 당분간 신세를 지게 됐습니다."

인사를 끝내자 여기저기서 박수가 터져 나왔다.

약 한 명, 굉장히 기분 나쁜 얼굴로 박수를 치고 있는 양갈래머리의 후배가 있었지만 굳이 신경 쓰지 않기로 했다.

"저기, 키류? 난 학생회 임원들을 이름으로 부르고 있는데, 키류도 '케이키'라고 불러도 될까?"

"그럼요."

"그럼 케이키. 갑작스럽겠지만 너의 취미를 좀 가르쳐줘."

"취미 말인가요? 으—음…… 부엌에서 요리하는 앞치마 차림의 여동생을 바라보는 것?"

"""…………."""

숭고한 취미를 전하자 학생회 임원들 모두가 얼어붙었다.

"그래—, 케이키는 시스터 콤플렉스구나."

"키류도 남자니까."

"더러워……."

시호는 따뜻한 미소를 띠며 말했고, 아야노는 까닭이 있는 듯한 얼굴로 고개를 끄덕였으며 아이리는 쓰레기를 보는 듯한 눈으로 중얼거렸다.

"……어라? 내가 또 저질러 버린 건가?"

서예부뿐만 아니라 학생회에서도 시스터 콤플렉스로 인정받게 됐습니다.

"우리도 다시 자기소개해볼까? 난 타카사키 시호. 알고 있는 대로 학생회장이야. 취미는 여러 가지가 있는데, 제일 좋아하는 건 게임 정도?"

"네? 의외시네요."

"후후후. 이렇게 보여도 누나가 의외로 게이머란다."

"응, 회장은 훌륭한 게이머야. 가끔 컴퓨터로 일하는 척하면서 게임을 하기도 해."

"아야노?! 회장으로서의 위엄이라던가 여러 가지가 있으니까 폭로하지 말아줄래?! ……저, 정말 한가할 때밖에 안 하니까."

"거듭되는 의외의 모습이네요."

"뭐야, 놀리지 마!"

뺨을 붉힌 시호가 입술을 삐죽거렸다.

그런 어린애 같은 행동도 의외라 살짝 설레고 만 것은 비밀.

"크흠. ……그, 그럼, 다음은 아야노."

"부회장인 후지모토 아야노입니다. 취미는 과자 만들기입니다. 그리고 키류의 냄새를 정말 좋아합니다."

"응. 그건 정말 싫을 정도로 알고 있어."

평소에는 얌전한 성격의 아야노였지만, 그녀는 남자의 땀 냄새에 흥분하는 변태였다.

"전 아야노 선배의 취미를 이해 못 하겠어요……."

"특별히 금지하는 건 아니지만 업무 중에 냄새 보충은 적당히 하도록."

"그건 무슨 일이 있어도 금지했으면 좋겠는데……아니, 타카사키 선배도 후지모토의 취미를 알고 계시는군요."

"나름대로 오래 지내왔으니까 자연스럽게."

아야노의 취미를 알고 있어도 거북해하지 않는다니, 우리 학교 학생회장은 마음이 넓은 여성인 것 같았다.

"마지막은 아이리, 부탁해."

"……나가세 아이리. 담당 임무는 회계입니다. 취미는…… 뭐, 여러 가지 있습니다."

취미 부분은 얼버무리는 아이리였다.

백합 소설에 대해서는 정말 학생회 동료들에게도 비밀로

하고 있는 듯했다.

"사실은 임원이 한 명 더 있는데 오늘은 감기 때문에 쉬게 됐으니까 다음에 소개할게."

"알겠습니다."

"……흥, 최대한 우리 일을 방해하지 말아주세요."

"아하하……."

아이리에게서 발산되는 환영하지 않는다는 오라가 너무 굉장해서 웃음밖에 안 나왔다.

"케이키에게는 필요에 따라서 다른 임원을 도와주거나, 일손이 부족할 때 도움을 주거나, 사소한 잡무를 부탁하게 될 거야."

"알겠습니다."

"당분간 교육 담당은 아야노에게 부탁해도 될까? 같은 학년에다, 여러 가지로 안성맞춤일 것 같은데."

"맡겨주세요."

회장의 지명을 받고 아야노가 고개를 끄덕였다.

"그럼 키류는 아야노 옆에 앉아."

"아, 네."

시키는 대로 옆 의자에 앉자 바로 아야노가 말을 걸어왔다.

"아야노가 교육 담당이니까 모르는 게 있으면 뭐든 물어봐."

"알았어. 잘 부탁할게."

"일을 열심히 하면 아야노의 쓰리 사이즈를 가르쳐줄게."

"뭐?!"

"역시 그건 농담. 모양은 몰라도 크기는 자신 없으니까."

"후지모토의, 모양에 대한 확고한 자신감은 대체 어디서 나오는 거야……."

후지모토 부회장은 여전히 종잡을 수 없는 사람이었다.

한쪽 눈을 가리고 있고, 냄새 페티시스트에다가 캐릭터가 강렬한 건 틀림없는 것 같지만.

"케이키와 아야노는 사이가 좋구나."

"케이키와는 자주 냄새를 교환하는 사이예요."

"무슨 소개가 그래?! 후지모토가 일방적으로 달라붙는 것뿐이잖아!"

"이런 식으로…… 찰싹."

"아아, 정말 말하자마자!"

자리에서 일어나 달려든 아야노가 부비부비 볼을 대고 비벼댔다.

"입으로는 이렇게 말하지만 키류도 여자에게 끌어안겨서 기쁘잖아. 킁킁."

"거기서 킁킁거리지만 않았으면 기뻤을지도 모르지!"

"……키류 선배?"

"히익?!"

정말 무시무시한 소리가 들려 쭈뼛쭈뼛 고개를 들자 사람

을 죽일 것 같은 눈으로 이쪽을 보고 있는 후배의 모습
이…….

"여자라면 누구든 괜찮군요? 이 하렘 킹은."

"하렘 킹?!"

"그 이상 아야노 선배에게 다가가지 마세요! 아야노 선배
도 좀 더 자신을 소중히 아끼시고요! 머지않아 이 남자에게
잡아먹힐지도 몰라요!!"

전쟁이라도 시작할 것 같은 기세로 마구 소리쳐대는 아
이리.

그 모습을 뺨에 손을 댄 시호가 약간 곤란한 듯 미소 지으
며 지켜보고 있었다.

"어라라…… 이쪽은 사이가 나쁜 것 같네."

"키류, 아직 아이리와 화해 안 했어?"

"창피한 일이지만……."

"화해고 뭐고 처음부터 친하지 않았거든요!"

"아아, 하나하나 가슴에 박혀……."

독설도 이렇게까지 나오면 흉기와 다름없었다.

사유키만큼 M의 길을 걷는 것도 아니기 때문에 그다지 오
싹거리지 않는데.

"으─음…… 하지만 아이리? 지금부터 같이 일을 해야 하
니까 케이키와 사이좋게 지내지 않으면 안 돼."

"그, 그렇게 말씀하셔도……."

"아, 그렇지! 그럼 사이가 깊어질 수 있게 둘이서 비품 체크라도 하고 올래?"

""……네?""

학생회장의 제안에 당사자들의 소리가 사이좋게 겹쳤다.


그 10분 후, 임무를 부여받은 케이키와 아이리는 용구실에서 비품 체크를 하고 있었다.

"최악이야……왜 키류 선배 따위와 작업을 하지 않으면 안 되는 거야?"

"그런 말은 타카사키 선배에게 해."

겉치레로도 양호하다고는 말할 수 없는 관계인 두 사람.

물론 대화가 즐겁게 계속 이어지지도 않았고 껄끄러운 상태인 채로 작업을 이어나갔다.

인쇄된 체크리스트와 비교해보면서 소모품 재고 상황이나, 파손된 건 없는지 세세한 상태를 확인했다.

"아, 그건 그쪽이 아니라 이쪽이에요."

"아, 응…….."

"그건 이제 폐기할 거니까 입구 쪽에 놔두세요."

"응……."

연하 상사의 지시에 묵묵히 따르는 신입사원.

큰 상자를 선반에서 꺼내고, 오래된 기재를 이동시키고, 꽤 중노동이었다.

"학생회 일 중엔 의외로 힘쓰는 일이 많네."

"그렇죠. 구기대회라던가 이번 달 문화제라던가 이벤트가 있으면 비품을 이동할 일도 꽤 있고⋯⋯그런 의미로는 남자의 손이 늘어나는 건 감사한 일이지만―."

대사 도중에 아이리가 '헉?!' 하고 입을 막았다.

"저, 전혀 고맙지 않거든요! 남자 따위 필요 없고!"

"아아, 응⋯⋯알고 있어."

"알면 됐어요. ⋯⋯그러니까, 다음으로는 음향기재네요⋯⋯ 저 안쪽인가⋯⋯?"

아이리의 시선 끝에 있는 건 선반 제일 위에 놓인 중간 크기 정도의 골판지 상자.

그녀는 접는 사다리를 가지고 와 그 위에 올라갔고 목표로 삼은 상자로 손을 뻗었다.

"으웃~! ⋯⋯조, 조금만 더⋯⋯."

확실히 조금 더 뻗으면 될 것 같았지만 그 손은 앞으로 한 걸음 정도 남은 상황에서 더 이상 닿지 않았다.

발뒤꿈치를 올리고 열심히 손을 뻗었지만 작은 신장으로는 한계가 있었다.

"내가 꺼낼게. 나가세는 힘들 것 같으니까."

"내가 꼬맹이라고 말하고 싶은 거예요?! 당신의 도움 따위 절대로 빌리지 않을 거예요!"

"아아⋯⋯."

말투가 잘못된 건지 굉장한 기세로 거절당하고 말았다.

마음을 모르는 건 아니지만 그렇다고 해도 위태로워 보였다.

불안정한 접는 사다리 위에서 발돋움을 하고, 지금이라도 발을 헛디딜 것 같아서……

"조금 더……앗, 꺄아악?!"

"으아아아악?!"

발돋움의 한계에 도전한 순간, 아이리는 정말 발을 헛디디고 말았다.

너무 약속된 전개가 반대로 예상 밖이라 이상한 소리가 흘러나왔지만 그래도 반사적으로 몸을 움직여 자칫하면 낙하할 뻔한 그녀를 받아낼 수 있었다.

다만, 너무 엉뚱한 자세였기 때문에…….

"우오옷?!"

받아낸 후배와 함께 바닥에 자빠진다는 참으로 안타까운 구출극이 연출되었다.

등으로 느껴지는 바닥의 단단함과는 대조적으로 복부로는 후배 엉덩이의 부드러운 감촉이 느껴져서, 쓰러진 자신 위에 그녀가 깔고 앉아있다는 걸 알게 되었다.

해석에 따라서는 남자를 넘어뜨린 듯한 상태로 정신을 차린 아이리가 당황한 듯 입을 열었다.

"괘, 괜찮으세요?!"

"뭐, 그럭저럭⋯⋯ 나가세야말로 괜찮아?"

"아, 네⋯⋯."

"그러니까 내가 꺼낸다고 했는데."

"죄송해요⋯⋯ 제가 거절한 탓에⋯⋯."

근본은 성실한 그녀였다. 자기 때문에 폐를 끼쳤다고 후회하고 있는 거겠지.

알고 지낸 지 얼마 안 된 사이였지만 그 정도는 알 수 있었다.

"저기, 나가세. 내가 서예부에서 하렘을 만들었다는 소문은 정말 오해야. 바니걸도 내가 입힌 게 아니고. 난 그렇게 요령이 좋지도 않으니까, 여자들을 옆에 두는 건 무리야."

"⋯⋯."

"실제로 지금까지 16년을 살아왔지만, 여자친구는 한 번도 생긴 적 없었고. ⋯⋯아니, 뭔가 말하면서 나 자신이 슬퍼졌어⋯⋯."

스스로 자신의 마음을 깎아내서 어쩌려는 거야.

"어, 어쨌든! 하렘의 소문은 전적으로 엉터리니까!"

"⋯⋯그런 건 알고 있어요."

고개를 숙인 아이리가 내던지듯 말을 이어나갔다.

"제가 고집을 부린 거예요. 선배가 여자들에게 둘러싸인 걸 보고 머리에 피가 쏠려서, 멋대로 오해하고 배신당한 것 같은 기분이 들어서⋯⋯ 키류 선배가 그런 사람이 아니라는 건 알고 있는데…….”

“나가세…….”

“정말 서예부 환경이 나쁘지 않다는 것도 알게 됐어요. 부실에 있을 때의 코가가 굉장히 즐거워 보였으니까. 그 아이, 교실에선 한 번도 웃은 적 없거든요. 그만큼 당신들에게 마음을 허락하고 있는 거겠죠.”

“……그래?”

그건 왠지 기뻤다.

신경질적인 성격의 유이카가 서예부 모두와는 허물없이 지내고 있다는 뜻이니까.

“……다만, 그건 그렇다고 해도 부비에 대한 건 잘못됐다고 생각하지만요.”

“그건…… 응. 완전히 이쪽이 잘못한 거니까…….”

부비로 바니복을 산 게 잘못됐다는 건 바보라도 알 수 있었다.

그 가슴 귀신에게는 진심으로 체벌이 필요할지도 모르겠다.

“하지만 역시 서예부는 우리에겐 소중한 장소야. 그러니까 경비 변제가 끝나면 폐부 이야기는 철회해줬으면 좋겠어.”

“그래요. 하렘 의혹은 오해였던 것 같으니 부비만 갚는다면 폐부에 대한 것도 없었던 일이 될 거예요.”

“저기…… 그럼 이걸로 화해하는 거지?”

"······뭐, 좋아요."

손을 내밀자 그녀는 고개를 외면하면서도 마주 잡아주었다.

"그리고······."

"뭔가요?"

"아까부터 계속 나가세의 팬티가 보이는데."

"······네?"

그 지적에 눈을 끔뻑거리는 아이리가 시선을 떨궜다.

그녀는 아직 쓰러진 케이키 위에 깔고 앉은 상태였고, 접는 사다리에서 떨어진 순간 치마가 젖혀진 듯 아름다운 허벅지와 함께 순백의 팬티가 드러나 있었다.

고양이에게 빼앗겼던 어린애 같은 팬티가 아니라 그냥 귀여운 느낌의 속옷이.

여러 가지 일이 있어 여자의 팬티에 익숙한 케이키도 역시 쑥스러웠다.

"오늘 팬티는 어린애 같지 않고 굉장히 괜찮은 것 같아!"

"정말 최악이야아아아아아아!!"

섬세함 제로인 남자의 볼에 혼신의 따귀가 작열했다.

모처럼 화해했는데, 그날은 마지막까지 말을 걸어주지 않았습니다.


직무에서 해방된 케이키가 집에 도착했을 무렵, 밖은 완전히 어두워져 있었다.

"뭔가 진짜 피곤하다……."

노동으로 지친 것보다 다시 기분이 나빠진 후배의 압박에 정신이 깎인 것 같은 느낌이 들었다.

첫날부터 이래서야 앞으로가 너무 걱정된다고—이런 생각을 하면서 현관문을 열었다.

"오빠, 어서 와."

"으응, 다녀왔—어?!"

귀가한 오빠를 맞이해준 건 바니걸 모습의 여동생이었다.

앞가슴이 크게 벌어진 의상을 입고 머리에 토끼 귀 머리띠를 하고 예쁜 모양의 엉덩이에는 둥근 꼬리가 붙어 있었다.

엄청 귀여웠지만 현관에 바니걸이 서 있다는 위화감이 정말 장난 아니었다.

"왜 바니걸이?!"

"얼마 전에는 제대로 못 보여줬고, 오빠 주위에는 예쁜 애들밖에 없으니까 나도 뭔가 어필을 해야 할 것 같아서."

"너무 귀여워……."

뜻하지 않은 기특한 이유에 가슴이 설렜다.

나의 여동생이 이렇게 귀엽다고 전 세계에 발언하고 싶었다.

"그리고 나의 부끄러운 모습을 오빠에게 공개하고 싶어서."

"어차피 그런 결말일 줄 알았어!"

설레게 했다가 실망하는 패턴에 몇 번이나 속았는지 모른다.

이제 그만, 변태 사기로 소송하고 싶을 정도였다.

"그래서…… 어때?"

미즈하가 몸을 앞으로 구부린 순간, 가슴 부분이 강조되면서 가슴골이 굉장한 것이 되어버렸다.

"으아아아아악?!"

"오빠?"

"미즈하는 몸을 구부리면 안 돼! 윤리적으로 아웃이니까!"

미즈하의 가슴은 서예부에서도 토키하라 사유키 버금가는 크기를 자랑했다.

옷을 입으면 도리어 여위어 보이는 타입이라 평소에는 눈에 띄지 않지만 노출이 많은 옷을 입을 때의 파괴력은 굉장했다.

숨은 글래머라는 키워드에 무한의 가능성을 느끼는 남자는 적지 않을 것이다.

"하지만 오빠, 바니걸 좋아하잖아?"

"정말 좋아하죠!"

"사진은 찍고 싶지 않아?"

"찍고 싶어요!"

키류 케이키, 16세. 자신의 욕망에 그럭저럭 솔직한 남자였다.

귀여운 바니걸 모습을 후세에 남기기 위해 스마트폰을 꺼낼 준비를 하던 그때.

정확히 노린 것 같은 타이밍에 문자 착신을 알리는 소리가 울렸다.

"뭐야, 지금부터 즐길 타이밍이었는데……."

메시지는 사유키가 보낸 것으로 내용은 '알바 면접, OK였어'라는 것.

문자가 궁금했던 건지 옆에 선 미즈하가 화면을 훔쳐보고 있었다.

"누가 보낸 거야?"

"사유키 선배. 알바 붙었다고."

"정말? 잘됐다."

"으응, 이걸로 선배도 변제 목표가 섰어."

이대로 사유키가 순조롭게 알바를 해내면 폐부 이야기도 백지로 만들 수 있다.

밝은 소식에 안도하고 있을 때 '딩동'하는 소리가 들리면서 새로운 메시지가 표시되었다.

『알바 열심히 할 테니까 또 엉덩이를 찰싹찰싹 때려줘.』

너무 위험한 그 내용에 부드러웠던 분위기가 일순 얼어붙었다.

"……오빠?"

"네."

"오늘 저녁 오빠만 날달걀밥으로 해도 될까?"

"물론입니다."

그렇게 사복으로 갈아입은 여동생은 잠시 기분이 좋지 않았지만 그래도 저녁을 준비해줬다는 사실에 감사하면서 날달걀밥을 맛있게 먹었다.

미즈하 특제의 일품 데미그라스 햄버그는 두 개 모두 그녀가 혼자 먹어치웠다.

당연히 바니걸 사진은 찍지 못했고, 귀중한 촬영 기회를 놓친 것이 먹지 못한 햄버그보다 더 유감이었다.


◇


금요일 점심시간. 도서실 카운터에 케이키와 유이카의 모습이 보였다.

두 사람은 도서위원 당번이었지만 그날은 그다지 이용자가 없었기 때문에 자연스럽게 잡담에 꽃을 피웠다.

"케이키 선배는 학생회에 팔려간 거죠?"

"팔렸다니…… 뭐, 비슷한 거긴 하지만."

"학생회는 어떤 느낌이에요?"

"음…… 역시 학생들의 대표라는 느낌으로, 모두 성실하게 일하고 있지."

"그런 게 아니라, 유이카가 듣고 싶은 건 인간관계에 대해

서예요."

"인간관계?"

"학생회장도 부회장도 여자고, 나가세도 있고, 학생회에는 여자들뿐이잖아요. 케이키 선배가 다른 여자에게 꼬리를 치고 있을지도 모른다고 생각하면 밤에도 잠을 잘 수가 없어요."

"그런 것치곤 피부가 매끈매끈한데……."

"어쨌든, 학생회 여자들과는 말을 하지 마세요."

"그건 무리야."

"으윽……."

유이카가 불만스럽게 볼을 부풀렸다.

화난 모습도 귀엽다니, 이 후배는 정말 치사했다.

"……알겠어요. 지금은 어쩔 수 없지만 빨리 돌아오세요."

"그렇게 할게."

"빨리 돌아와서 유이카에게 복종해주세요."

"그건 승복 못 하겠는데."

혼란을 틈타 들어온 트랩을 화려하게 회피.

아무리 귀여워도 그녀의 노예가 될 생각은 없었다.

"그러고 보니, 마녀 선배에게 문자가 왔었어요. 알바 때문에 당분간 서예부는 쉬기로 했다고."

"부비를 변제 못 하면 폐부가 될 테니까. 사유키 선배도 열심히 해줘야지."

"그렇겠죠. ……하지만, 좀……."

"……유이카?"

"아, 아뇨. 아무것도 아니에요."

무언가를 얼버무리려는 듯 유이카가 웃었다.

하지만 그 직전, 그녀가 지은 쓸쓸한 표정을 케이키는 놓치지 않았다.

신경은 쓰였지만 유이카가 이런 식으로 본심을 숨기는 건 건드리길 원하지 않을 때다.

고민이 있다면 이야기해줬으면 좋겠지만 본인이 그걸 바라지 않는다면 지금은 지켜볼 수밖에 없겠지.

"—아, 키류 선배다."

"응? 어라, 나가세?"

이름을 불려 고개를 들어보니 카운터 앞에 아이리가 서 있었다.

"혹시 학생회 업무?"

"아뇨, 개인적인 일로 왔어요. ……이거 반납 부탁합니다."

"으응, 알았어."

받아든 책의 바코드를 판독하며 반납 처리를 끝냈다.

반환된 책은 나중에 정리해서 책장에 돌려놓는 흐름이었다.

참고로 아이리가 빌린 책은 '백합 학문의 추천'이라는 완전히 그쪽 계열의 타이틀이었지만 이런 책이 도서실에 놓여 있는 의문도 포함해서 건드리지 않기로 했다.

"그럼 전 이만."

"—아, 저기, 나가세."

"응? 왜?"

도서실을 떠나려던 아이리를 자리에서 일어난 유이카가
불러 세웠다.

"지금 시간 좀 내줄 수 있어? 하고 싶은 말이 있는데."

"나에게? 딱히 상관은 없지만……."

아이리가 당황한 듯 케이키를 바라보았지만 상황을 파악
하지 못한 건 이쪽도 마찬가지라 목을 가로 저을 수밖에 없
었다.

"케이키 선배. 미안하지만 카운터 좀 부탁드릴게요."

"아, 으응……알았어."

케이키에게 카운터를 맡기고 유이카가 아이리를 데리고
서고 쪽으로 가버렸다.

처음에는 부탁한 대로 카운터 앞에서 대기하려고 했는
데…….

"……역시 신경 쓰여."

아무리 해도 두 사람의 모습이 마음에 걸렸다.

별로 다른 사람에게 상관하지 않는 유이카가 아이리를 불
러 세워 데리고 나갔다.

왠지 살짝 화가 난 것처럼 보였고, 아무래도 걱정이 됐다.

"좋아, 잠깐 상황을 보러 가야지."

이용자도 없고, 잠시 자리를 비워도 문제없겠지.

대담하게 직무를 포기한 도서위원은 두 사람이 향한 쪽으로 발을 옮겼다.

그쪽으로 가보니, 서고 문이 살짝 열려 있었고, 그곳에서 여자 목소리가 들려왔다.

살짝 안쪽을 들여다보니 어두컴컴한 방 안에 유이카와 아이리의 모습이 보였다.

누가 훔쳐보고 있다는 것도 모른 채 살짝 긴장한 모습으로 아이리가 입을 열었다.

"그래서, 할 말이라는 게 뭐야?"

"나가세에게 부탁이 있어."

"부탁?"

"서예부에 내려진 폐부 이야기를 철회해줬으면 좋겠어."

"뭐?"

"부비에 대해선 전면적으로 우리가 잘못했다고 생각해. 하지만 케이키 선배가 서예부에서 하렘을 만들었다는 소문은 새빨간 거짓말이니까. 케이키 선배는 그런 사람이 아니고 바니걸도 선배에겐 잘못이 없어, 정말 우리가 좀 심했던 것뿐이야."

열심히 이야기하는 유이카의 모습은 본 적 없을 정도로 진지했다.

"그러니까 부비를 전부 갚으면 폐부는 용서해줬으면 좋겠어. 유이카에게 서예부는 소중한 곳이니까 없어져 버리면 곤란해."

그녀가 말을 끝냈을 때, 무심코 눈물이 좀 날 것 같았다.

유이카의 발언 하나하나가 너무 기뻐서 가슴 안쪽이 뜨거워졌다.

(그래…… 그래서 아까 그런 쓸쓸한 표정을 지었구나…….)

단순히 유이카는 서예부 활동을 쉬게 되는 게 쓸쓸했던 모양이다.

그녀에게 그 방에서 보내는 시간이 그 정도로 소중한 것이 된 것이다.

그런 유이카의 마음에 감격한 건 한 명만이 아니었던 듯, 아이리도 똑같이 미소를 짓고 있었다.

"후훗."

"응? 왜 웃는 거야?"

"아, 미안. 코가와 똑같은 말을 키류 선배에게도 들었거든."

"케이키 선배가?"

"응. 그래서 나의 대답도 똑같아. 키류 선배에 대해선 나의 오해였으니까 부비만 갚으면 더 이상 서예부에 간섭 안 할 거야."

"정말?"

"응, 약속할게."

"……다행이다."

교섭을 끝내고 휴우 하고 한숨을 쉬는 유이카.

그 모습을 보고 아이리가 부드러운 표정을 지어보였다.

"저기, 코가? 나도 너에게 부탁이 있는데."

"뭔데?"

"응……저기, 그러니까."

머뭇거리며 쑥스러운 듯 아이리가 말했다.

"나랑 친구가 되어주지 않을래?"

"응? 거절할게."

"뭐어?!"

속공으로 거절당해 충격을 받은 나가세.

(뭐, 유이카는 방어가 단단하니까.)

케이키도 그녀의 철벽 가드에 애를 먹은 경험이 있어서 충분히 이해할 수 있었다.

마음속으로 아이리에게 응원을 보내며, 훔쳐보던 케이키는 문 앞에서 이탈했다.

그 이후, 케이키가 '계속 카운터를 지키고 있었다'라는 얼굴로 카운터 의자에 앉자 이야기를 끝난 두 사람이 돌아왔다.

유이카는 오늘 날씨처럼 밝은 얼굴로.

아이리는 아직 충격이 다 가시지 않은 듯한 모습으로.

"어라? 케이키 선배, 왜 히죽거리고 있는 거예요?"

"아무것도 아니야."

분명 유이카는 이 일을 모두에게 이야기할 생각이 없겠지.

서예부를 위해 아이리와 담판을 지은 것도, 서예부가 쉬게 되어 쓸쓸하다는 것도 다른 부원들에게 알려지는 걸 바라지 않을 것이다.

그래서 그녀의 마음은 이대로 마음속에 간직하기로 했다.


엉뚱하게 써버린 부비를 갚을 때까지 학생회 임시 임원으로 일하는 것.

그게 변제를 기다리는 대신 학생회장이 제시한 조건이었다.

조건을 받아들이지 않으면 문답무용으로 고문에게 보고되어 서예부 폐부도 피하지 못하는 상황이었기 때문에 케이키는 학생회에서 일하는 걸 승낙했다.

그리고 임시 임원으로서 맞이한 이틀째 방과 후.

학생회실 문을 노크하자 안에서 '네에'라는 누군가의 목소리가 들려왔다.

노크를 하고 '네에'라는 응답이 있었던 것이다.

그건 이 나라에선 바로 입실을 허가하는 대답이었다.

허가받았으니 방에 들어가도 문제는 없고 만약 문제가 있다고 해도 자신에게 잘못은 없을 텐데 문을 연 케이키가 품게 된 건 '실수했다……'라는 후회와 죄책감이었다.

왜냐하면 학생회실에서 처음 보는 여학생이 한창 옷을 갈아입는 중이었으니까—.

"……어라? 남자?"

고개를 갸웃거리는 건 짧은 머리가 귀여운 여자아이.

시장은 아야노보다 좀 작은 정도라고나 할까.

녹색 치마를 입은 그녀는 마침 블라우스를 입는 중이었고 가냘픈 양손이 가슴 부분의 단추를 잠그다가 멈춰 있었다.

그 때문에 아직 다 잠그지 않은 셔츠 빈틈으로 새하얀 복부가 보였고 귀여운 배꼽을 확인할 수 있었다.

(저, 정말 매력 있는 배꼽이야!!)

아름다운 배꼽에 일순간 넋을 잃었지만, 지금은 그럴 때가 아니었다.

"미, 미안!! 옷 갈아입는 중인 줄 모르고!"

"신경 쓰지 마세요. 잘못한 건 이런 곳에서 옷을 갈아입고 있던 저니까요. 금방 끝나니까 조금만 기다려주세요."

멋쩍은 웃음을 띤 여학생이 재빨리 단추를 잠갔다.

그리고 의자에 걸려 있던 외투를 들고 익숙한 모습으로 걸쳤다.

"에헤헤, 보기 흉한 모습을 보여서 죄송해요."

"보기 흉하다니 천만에. 굉장히 귀여운 배꼽이었어."

"네?"

여학생은 일순 멍해졌다가 이상한 듯 웃었다.

"아하하, 감사합니다. 배꼽을 칭찬받은 건 처음이에요."

옷 갈아입는 모습을 보이고 말았는데 화난 모습도 없이 오히려 싱글싱글 붙임성 있는 미소를 보여서 왠지 반응을 하기가 곤란했다.

"그런데, 학생회에 무슨 볼일이신가요?"

"아, 아니, 실은 나—."

사정을 설명하려던 그때, 학생회실 문이 열리고 시호가 들어왔다.

"어라? 두 사람 모두 벌써 왔구나. 수고가 많아~."

온화한 미소로 인사를 건네고 그녀는 수수께끼의 여학생에게로 시선을 옮겼다.

"린, 이제 감기는 괜찮아?"

"네! 이제 완전히 좋아졌어요! 그런데 저기, 이쪽 분은……?"

"아, 린은 첫 대면이던가? 좀 사정이 있어서. 어제부터 임시 임원으로 도와주게 된 키류 케이키라고 해."

"그랬군요."

납득한 듯 고개를 끄덕이며, 린이라고 불린 여학생이 다시 케이키에게로 돌아섰다.

"전 1학년 미타니 린입니다. 학생회에서는 서기를 맡고 있습니다."

"반가워. 난 2학년인 키류 케이키라고 해."

"키류라면…… 선배가 서예부에서 하렘을 구축하고 있다는 키류 선배인가요?"

"그 키류는 내가 맞는데 하렘에 관해서는 오해니까."

"어라? 그럼 선배가 여자들에게 억지로 바니복을 입혔다는 이야기는?"

"완전 헛소문이야."

"과연, 헛소문이었나요? 역시 소문은 믿을 수 없네요."

아이리가 좀처럼 믿어주지 않았던 이야기를 간단히 믿어주었다.

양 갈래 머리의 후배와 달리 린은 솔직한 성격인 듯했다.

"그럼, 그럼, 선배의 취미는 뭐예요? 음악은 들으세요? 스포츠는? 좋아하는 여자 타입에 대해서도 물어봐도 될까요?"

"뭐? ……으응?"

오해가 풀렸다고 생각한 순간 기관총처럼 날아드는 질문들.

작은 몸을 가까이 대고 알고 싶어서, 정말 알고 싶어서 참을 수 없다는 느낌으로 린이 추궁해왔다.

첫 대면의 이성, 그것도 상급생을 상대로 이런 거리감이라니…….

(이 아이, 그거야! 소문으로만 들었던 커뮤니케이션 능력 괴물이라는 그거!)

다른 사람과 원활하게 접촉을 꾀하기 위해 필요한 커뮤니

케이션 능력.

그 능력이 아주 우수한 인간들을 '커뮤니케이션 능력 괴물'이라고 부른다고 한다.

그런 커뮤니케이션의 달인에게 붙잡힌 케이키는 웃는 얼굴의 시호가 지켜보는 가운데 린의 요구대로 그녀의 질문에 계속 답하는 사태에 이르렀다.

"—아, 그렇지. 키류 선배를 '케이쿤 선배'라고 불러도 될까요?"

"케이쿤 선배?"

"전 친해진 사람에게 별명을 붙이는 걸 좋아하거든요. 참고로 시호 선배는 '시이짱 선배'로 아야노 선배는 '아야논 선배'라고 부르고 있어요."

"그래서 난 케이쿤 선배라는 거야……?"

"안……될까요?"

"아니, 뭐, 별로 상관은 없는데."

"앗싸! 그럼 전 '린'이라고 불러주세요."

"그건 좀…….."

갑자기 이름으로 부르는 건 부끄러웠기 때문에 그냥 '미타니'라고 부르기로 했다.

"케이쿤 선배, 앞으로 잘 부탁드려요 ♪"

"그래. 잘 부탁해, 미타니."

처음에는 텐션 차이 때문에 당황했지만 이야기를 해보니

그냥 착한 아이였고 그녀와도 잘 지낼 수 있을 것 같아 안심했다.

이러니저러니 하는 사이에 아야노와 아이리도 들어왔고 학생회 임원이 전부 모였다.

다른 사람들을 잘 보살피는 누님 타입의 학생회장.

얌전하고 성실한 부회장.

규율에 엄격하고 남자를 싫어하는 회계.

밝고 분위기 메이커인 서기.

거기에 임시 임원인 케이키까지 포함해서 총 5명의 멤버가 한자리에 모였다.

"후후, 왠지 학생회실이 꽤 북적거리게 됐네."

학생회장이 기분 좋은 듯 말하며 그날 업무가 시작되었다.

이벤트나 회의 등이 있는 경우에는 다르지만 학생회 업무는 기본적으로 같은 작업의 반복이었고 책상에서 하는 일이 주된 업무인 듯했다.

오늘 케이키는 수입 · 지출 전표를 종류별로 분류하고 시간순으로 다시 정리해서 파일에 정리하는 작업을 맡았다.

학교 예산이 어디에, 어느 정도 쓰였는지를 알 수 있는 지표가 되기 때문에 수수한 일인 것치고는 꽤 중요한 일이었다.

"키류, 다 끝나가?"

"아, 후지모토. 이쪽은 이제 얼마 안 남았어."

"꽤 많은 양이었는데 굉장하다."

"이런 수수한 작업이 나에게 맞는 걸지도."

장래에는 사무직으로 근무하는 것도 괜찮을지 모르겠다.

"키류가 와줘서 살았어. 지금은 문화제 준비도 있어서 평소보다 좀 더 바쁘니까."

"그러고 보니 문화제가 이번 달이었지?"

10월 종반에 기다리고 있는 빅 이벤트.

학생회도 문화제 실행위원회와 제휴해서 이미 개최에 대한 준비를 진행하고 있는 듯했다.

많은 기획이 움직이고 있기 때문에 그만큼 학생회가 체크할 서류도 많아졌다.

아야노는 좀 더 바빠졌다고 했지만 실제로는 그 이상으로 바쁠 것이다.

"내가 도와줄 수 있는 일이 있으면 뭐든 말해줘."

"응. 의지하고 있어."

모처럼 일하게 된 거라면 누군가의 도움이 되고 싶었다.

자신이 열심히 해서 학생회 임원들의 부담이 줄어든다면 보람도 있을 것이다.

그렇게 묵묵히 작업하고 있는데 학생회실 시계를 확인한 시호가 말을 걸었다.

"슬슬 시간 다 됐네. 오늘은 이만 끝낼까?"

"어라? 오늘은 꽤 빨리 끝내네요."

시각은 오후 5시를 넘어가고 있었다. 어제 끝낸 시간보다

1시간 이상 빨랐다.

"린이 복귀하면 하자고 다 같이 말했었는데. 오늘은 지금부터 케이키의 환영회를 하고 싶어."

"환영회?"

"모처럼 동료가 됐으니까 친목을 다져야지."

그렇게 말하며 윙크하는 시호.

이러니저러니 해서 케이키의 환영회가 열리게 되었다.


"그럼 케이키의 임시 임원 취임을 축하하며…… 건배!"

학생회 임원들이 찾아간 곳은 역 근처에 있는 패밀리 레스토랑.

음식 주문을 끝내고 드링크 바에서 음료수를 확보한 다음, 학생회장이 선창을 하며 환영회가 시작되었다.

케이키 맞은편에 시호, 린, 아이리가 나란히 앉았고—.

"……저기, 후지모토? 거리가 너무 가까운 거 아니야?"

"아야노는 키류의 교육 담당이니까."

"여기서 교육 담당은 관계없잖아?"

"언제든 키류의 냄새를 보충할 수 있으니까. 뭐, 잘못됐어?"

"너무 뻔뻔한 거 아니야?!"

오늘의 주빈 옆에는 마치 제 자리인 양 바싹 달라붙은 아야노의 모습이 보였다.

"아야노 선배, 음식점이니까 남자의 체취 이야기는 삼가

107

세요. 우리는 학생회 임원이니까 학교 밖이라고 해도 풍기를 문란하게 만들면 안 돼요."

아이리가 변태 부회장을 나무랐다.

마치 학생회 임원이라기보다 선도위원 같은 태도였다.

"……그건 그렇고 이 가게 유니폼이 꽤 귀엽네요. 코가가 입으면 여러 가지로 좋을 것 같은데…… 아, 이런. 반쯤 벗은 걸 상상했더니 흥분되기 시작했어……."

"풍기는 대체 어디로 간 거야?"

백합 작가의 머릿속에선 웨이트리스 차림의 유이카가 반라가 되어 있었다.

아니, 이 아이는 정말 비밀을 숨길 생각이 있는 걸까?

"그래서? 후지모토는 언제까지 붙어 있을 거야?"

"언제까지나. 영원히."

"포에버?!"

영원한 충전을 맹세한 아야노와 그녀를 떼어내려고 악전고투하는 케이키의 모습을 빨대를 문 린이 흥미진진하게 바라보고 있었다.

"케이쿤 선배와 아야노 선배는 꽤 친하시네요."

"뭐? 그렇게 보여?"

"아니, 그런 식으로 꽁냥거리며 붙어 있으면 연인 사이로밖에 보이지 않는데요."

"연인이라기보다 아로마 굿즈라고 여기는 것 같은데……."

"두 사람은 이전부터 아는 사이죠? 첫 만남은 어떤 느낌이었어요?"

기대로 눈을 반짝거리는 린에게 아야노가 답했다.

"실은 전에 계단에서 떨어질 뻔한 날 키류가 구해준 적이 있어."

"후지모토가 프린트를 밟고 미끄러졌었지."

"그래서 키류가 받아줬고."

"그걸 원인으로 후지모토가 내 냄새를 마음에 들어 하게 돼서."

"그런 소녀만화 같은 에피소드가 있었군요! 멋져요!"

"어디가?"

계단에서 떨어진 여자를 도와준 건 확실히 멋질지도 모르지만 그 이후의 내용이 여러 가지로 너무 유감스러웠다.

"뭐, 우리 이야기는 이 정도로 하고……미타니는 뭔가 취미 같은 거 없어?"

"제 취미는 멋을 내는 거예요. 귀여운 옷을 고르거나 입어보는 걸 좋아해요."

"오오, 왠지 그럴 것 같아."

"린은 옷을 잘 고르니까 나도 가끔 상담하기도 해."

"그런 건 여성스러워서 좋네요."

서예부에서도 가끔 부원들이 그런 이야기를 하곤 했다.

"……그건 그렇고 좀처럼 요리가 안 나오네요."

"꽤 복잡하니까 어쩔 수 없겠지."

배가 고픈 아이리가 투덜댔고, 시호가 커버했다.

요리가 나오지 않았기 때문에 자연스럽게 음료들이 줄어들었고 여학생들의 음료가 줄어들자 아이리가 자리에서 일어났다.

"시호 선배, 아야노 선배, 음료수는 뭐 드실래요? 제가 갖고 올게요."

"그래? 그럼 난 아이스커피로 할까?"

"아야노는 콜라가 좋아."

"아이스커피랑 콜라요?"

"그럼 난 아이스티로 부탁할게."

"뭐? 미타니는 당연히 셀프 서비스지."

"그렇겠지 —."

차갑게 대하고는 가버린 아이리를 린이 쓴웃음을 지으며 배웅했다.

"혹시 미타니랑 나가세는 사이가 안 좋아?"

"아하하, 전 사이좋게 지냈으면 좋겠는데."

여자에게는 상냥한 아이리가 웬일인지 린에게는 엄격한 것 같았다.

좀 이상했지만 서예부에서도 사유키와 유이카 사이가 나쁘기도 했으니, 학생회에서는 학생회의 인간관계가 있을 거라고 납득했다.

"그러니까 케이쿤 선배와는 친하게 지냈으면 좋겠어요."

"물론이지."

"에헤헤, 감사합니다."

낙천적인 미소가 귀여운 솔직하고 붙임성이 좋은 하급생.

이런 후배가 있다면 학생회도 나쁘지 않을지도 모른다.


"—꽤 즐거워 보이네, 케이키."


"응? ……잠깐, 사유키 선배?!"

차가운 목소리에 고개를 돌아보니 거기에는 웨이트리스 차림의 사유키가 서 있었다.

전에 부실에서 보여줬던 메이드복이나 전날의 바니복처럼 노출도는 없지만 청초한 디자인의 유니폼이 오히려 그녀에게는 잘 어울렸다.

"어떻게 여기 선배가?"

"그거야 당연히 여기가 내가 알바하는 곳이니까."

"아르바이트할 곳이 정해졌다는 건 들었지만, 여기였군요……."

"미안하지만 잡담은 많이 못 해. —새우 도리아 주문하신 고객님은 어느 분이시죠?"

"아, 저예요."

"알겠습니다."

사유키는 밀고 온 손수레에서 주문한 요리를 테이블에 올려놓았다.

시호가 주문한 도리아에 아이리가 주문한 생선 뫼니에르.

린이 주문한 나폴리탄에 이어 아야노 앞에 BLT 샌드위치가 놓였다.

"토키하라도 알바 열심히 하고 있는 것 같네. 정말 감탄했어."

"흥……부비 변제가 끝나면 케이키는 돌려받을 거야."

학생회장에게 선전포고를 하고는 마지막으로 케이키의 햄버그 정식을 올려놓았다.

"오래 기다리셨습니다. 여기 햄버그 정식입니다. 철판이 뜨거우니 조심하세요."

"아, 감사합니다."

"주문은 이상이신가요? 그럼 맛있게 드세요~."

자리를 떠날 때 완벽한 영업 스마일을 보이며 사유키는 백야드로 돌아갔다.

"걱정했는데 잘 하고 있는 것 같네."

역시 성적이 우수한 재원이라고 해야 할까.

오늘이 첫 업무일 텐데 신입이라고는 생각할 수 없는 접객이었다.

"이 상태라면 부비 변제도 순조롭게—."

"—꺄아아아아아악?! 토키하라, 뭐 하는 거야아아아?!"

"─으아아악?! 접시가 억수같이이이이이?!"

"─죄송합니다아아아아아아!!"

가게 안에서 문자 그대로 접시가 깨지는 듯한 소리와 폭풍 같은 호통 소리가 들렸다.

"……순조롭게?"

부비 변제는 서예부의 폐부를 저지하기 위한 필수 조건.

그걸 위해 사유키가 어떻게 해서든 알바비를 벌 필요가 있는데…….

"……알바비가 나오기 전에 잘리는 건 아니겠지?"

후배의 걱정을 아랑곳하지 않고 그 이후에도 사유키는 주문이나 배식 실수를 반복했고 결국 손님인 아저씨(의 벗겨진 머리)에게 찬물을 끼얹으며 처음에 보여준 접객이 단순한 초심자의 행운이라는 걸 멋지게 증명해보였다.

"이건 어떻게든 하지 않으면 큰일 날지도 모르겠어……."

신입 웨이트리스의 너무나도 지독한 참상에 케이키의 위기감은 더 심해졌다.

"특훈을 해보죠."

토요일 아침, 케이키는 자기 방으로 불러낸 사유키 앞에서 그렇게 말했다.

다짜고짜, 전에 없이 강한 어조가 그녀가 처한 현 상태가 위기라는 걸 나타내고 있었다.

"이대로면 농담이 아니라 정말 알바를 잘리게 될 거예요."

"그래. 나도 그렇게 생각해."

후배의 정확한 지적에 엄숙하게 고개를 끄덕이는 검은 머리의 미녀.

휴일이라 그녀는 블라우스에 롱스커트라는 사복 차림이었다.

"나로서도 내가 이렇게까지 멍청할 줄은 몰랐어. 그 이후 점장님이 정말 곤란한 얼굴을 하고 있었던 게 인상적이었지."

"점장님이, 가엾게도……."

그만큼 그녀의 작업 성과가 비참했다는 뜻이겠지.

어제의 참상을 봤을 때 오늘도 그런 상태라면 틀림없이 해고될 것이다.

"어쨌든 모처럼 찾은 알바니까 어떻게 해서든 계속 해야 해요."

"열심히 할게! 폐부를 저지하기 위해서라도! 한 번 더 케이키에게 엉덩이를 찰싹찰싹 맞기 위해서라도!"

"부비를 다 갚으면 그런 건 원하는 만큼 해드릴게요."

도M인 변태에게 상을 주는 건 아니꼽지만 어쩔 수 없었다.

지금은 변태 소녀의 갱생보다 폐부를 저지하는 게 우선
이다.

"그래서, 오늘은 어떤 특훈을 할 거야?"

"글쎄요. 사유키 선배는 홀 담당이니까 우선 가게 메뉴를
외우는 것부터 할까요?"

"아, 그거라면 어제 다 외웠어."

"네?"

"가게 휴게실에서 메뉴표를 잠시 훑어보고 전부 외웠어."

"그러고 보니 공부는 엄청 잘하셨죠."

역시 시험 성적 상위권 단골. 경이적인 기억력이었다.

"그럼 이번에는 인사네요. 접객업의 기본이죠."

"왠지 경험자처럼 조언해주고 있는데 케이키는 알바한 적
있어?"

"아뇨, 아르바이트 경험은 없어서 어제 적당히 인터넷으
로 검색해봤어요."

"뭐……?"

충격적인 사실에 당황한 상급생.

불안해 보이는 표정은 '정말 괜찮은 거야?'라고 말하고 싶
은 듯했다.

"정보원은 그렇다 치고, 인사가 중요한 건 확실하잖아요."

"그것도 그렇지."

"내가 손님 역할을 할 테니까 사유키 선배는 미소를 의식하면서 활기찬 목소리로 인사해주세요."

"알았어."

이러니저러니 해서 실기 지도가 시작됐다.

일단, 방 밖으로 나온 케이키가 손님으로서 안에 들어갔다.

"어서 오십시오, 주인님~!"

"그건 다른 가게!"

"아앙, 실패만 하는 한심한 사유키를 거친 말로 욕해주세요!"

"그런 식으로 접객을 하면 한 방에 퇴장당할 거예요!!"

정신을 가다듬고 테이크 2.

"어서 오세요~! 저희 가게에 와주셔서 감사합니다!"

"평범하게 할 수 있잖아요."

인사 각도도 좋고 미소도 화려해서 뭐라 할 말이 없었다.

이런 미인이 접객해준다면 남성 손님도 늘어날 것이다.

"인사는 괜찮은 것 같네요."

"우리 집은 그런 예의범절에 대해선 옛날부터 엄격했으니까."

"이러면 접객도 문제없을 것 같고, 메뉴도 기억하고 있는데 어제는 왜 메뉴 실수를 한 거예요? 선배라면 주문 정도는 암기할 수 있을 것 같은데."

"그렇긴 한데, 해야 하는 일이 너무 많으니까. 손님이 추가로 주문하면 초조해지고, 그렇게 하는 사이에 머릿속에서 엉망진창이 돼서……."

"과연……."

어쩐지 알 수 있을 것 같았다.

많은 일이 동시에 밀어닥치면 초조해지고, 어떻게 해야 좋을지 알 수 없게 된다.

사람이 할 수 있는 일에는 한계가 있고 복수의 작업을 동시에 행하긴 힘들다.

결국, 우선도를 정해서 하나씩 해내는 게 가장 지름길이라고 할 수 있지만, 그런 판단은 이제 막 근무하기 시작한 신입 알바생에겐 무리한 주문이겠지.

"……즉, 선배에게 부족한 건 경험이라는 건가."

이번 일이 사유키에게 첫 아르바이트.

말하자면 경험치가 제로인 상태였다.

마을을 막 벗어난 용사가 마왕을 쓰러뜨릴 수 없는 것처럼 신입 알바생이 갑자기 완벽한 웨이트리스가 될 순 없다.

그러니까 우선은 같은 실패를 반복하지 않도록 해야 한다.

그렇게 하나씩 서툰 일을 없애나가면 자신감이 생기고 불규칙적인 사태에도 당황하지 않고 대처할 수 있게 될 것이다.

"서두르거나 초조해하면 실수도 늘어나니까. 중요한 건

당황하지 않는 것. 늘 냉정할 것. 그것만 할 수 있다면 괜찮을 거예요."

"알았어! 훌륭한 웨이트리스에게는 어떤 수치 플레이에도 견딜 수 있는 불굴의 정신이 필요하다는 뜻이지?!"

"네…… 어라? 뭐지…… 뭔가가 다른 것 같은데……."

"자, 그렇게 결정했으면 시작하자! 정신을 단련시키기 위한 수치 플레이—가 아니라 특훈을!"

"네에……."

어디가 어떻게 잘못된 건지, 특훈의 껍데기를 뒤집어쓴 수치 플레이를 시작하는 흐름이 되고 말았다.

"하지만 확실히, 어떤 부끄러운 일에도 견딜 수 있게 되면 아르바이트하면서 허둥대는 일이 없어질지도……?"

그렇다면 시험해볼 가치는 있을지도 모른다.

긍정적으로 검토한 교육 담당은 제자를 바라보았다.

겉모습만은 귀여운 변태 소녀가 기대에 찬 눈동자로 바라보고 있었다.

"그럼 부끄러운 짓을…… 해줘."

"아, 네…… 그러니까……."

고개를 끄덕였지만, 이 자리에서 해야 할 '부끄러운 짓'이 떠오르지 않았다.

(아니, 사유키 선배가 당하면 부끄러워할 만한 일이라는 게 뭐지?!)

다시 생각해보면 그녀의 가슴골에 손을 집어넣거나 밖에서 엉덩이를 멋대로 만지고, 결국에는 노팬티 상태의 그녀에게 치마를 젖히도록 지시한 적마저도 있었다.

이제 와서 어중간한 일로는 사유키의 수치심을 부추길 수 없겠지.

(……잠깐만? 그럼 내가 선배에게 당했을 때 부끄러웠던 짓을 하면 되는 거 아닌가?)

완전 역발상.

자신이 그녀에게 설레었던 걸 그대로 되돌려주면 되는 것이다.

(내가 선배에게 당하고 부끄러웠던 건 ―.)

바로 기억을 거슬러 올라가보니 몇 가지 이벤트 중에서도 위력이 강했던 사건이 떠올랐다.

"두근두근."

눈을 반짝이며 두근거리고 있는 상급생.

발을 내디뎌 사유키와의 거리를 좁힌 케이키가 갑자기 그녀의 뺨에 키스를 했다.

그건 신데렐라의 러브레터를 발견했을 무렵, 크고 하얀 개와 만났던 방과 후에 그녀에게 당했던 불의의 습격이었다.

동경하던 선배에게 키스를 받고 밤새 두근거렸던 게 기억났다.

"……그럼."

몸을 떼고 피험자의 상태를 확인해보니 사유키는 그 자리에 우뚝 선 채 깜짝 놀란 강아지처럼 굳어 있었다.

"어때요, 선배? 부끄러워요?"

"꺄악?!"

"꺄악?"

제대로 들리지 않는 말을 만들어내더니 그녀는 문득 생각이 난 듯 얼굴을 새빨갛게 물들이며 맥없이 그 자리에 주저앉고 말았다.

"……무슨 짓을 한 거야……."

"네?"

"너무 기뻐서 실례할 뻔했어……."

"무슨 뜻이에요?!"

여고생의 설마 하던 '흥분에 의한 실금' 발언에 곤혹스러웠다.

"보, 볼에 키스를 하다니, 그런……그런 건 '사랑한다'고 말하는 것과 똑같잖아!"

"뭐, 보통은 어느 정도 가까운 상대에게밖에 하지 않죠."

"그, 그건…… 케이키가 날 펫처럼 사랑한다는 뜻이야?"

"아뇨, 그냥 특훈의 일환으로서 해본 것뿐이에요."

"반응이 무미건조해! 하지만 그런 차가운 모습이 싫지 않아!"

"도M의 긍정적인 면은 굉장하네요."

이런 정신강도면 이미 특훈할 필요가 없는 거 아닐까?

"그래서, 방금 그걸로 마음은 단련된 것 같아요?"

"글쎄. 잘 모르겠으니까 한 번 더 부탁할게."

"잠깐……."

"농담이야. 하지만 설마 기습적으로 이런 상을 받을 줄 몰랐어. ……응?! 상?!"

"사유키 선배?"

"역시나……그런 거였구나……."

무언가를 납득한 듯 '응, 응,' 고개를 끄덕이며 사유키가 얼굴을 번쩍 들었다.

"나, 알았어! 상대를 기쁘게 해줄 수 있도록 최선을 다하는 게 프로페셔널! 주인님이 펫을 사랑하듯 손님에게 사랑을 줄 수 있는 게 웨이트리스의 일이야!"

"아, 으응? ……네? 즉, 무슨 뜻이에요?"

"요컨대 손님을 귀여운 펫이라고 생각하면 된다는 뜻이야!"

"아……."

눈부신 미소로 이상한 말을 내뱉었다.

다시 생각해 보라고 말하고 싶었지만 의욕 넘치는 그녀에게 찬물을 끼얹는 것도 좀 그럴 것 같았다.

"그럼 뭐, 일단 그런 방향으로 해보시겠어요……?"

"전력을 다해 열심히 해볼게!"

한없이 불안했지만 믿을 수 없게도 이 방법 덕분에 그날

일이 잘 풀렸고 그녀는 점장님에게 굉장히 칭찬을 받았다고 했다.

　다음 날, 사유키의 보고를 받고 '납득이 안 돼'라고 생각한 케이키였다.


◇


　학생회실에는 데스크톱 컴퓨터가 한 대 설치되어 있었다.

　벽 쪽 책상 위에 놓인 그건 학생회 임원이라면 누구든 사용할 수 있는 비품으로 방과 후 케이키가 학생회실을 찾아갔을 땐 아야노가 그 컴퓨터를 사용해 작업을 하고 있었다.

　흥미에 이끌려 의자에 걸터앉아 그녀 뒤에서 말을 걸었다.

　"후지모토, 뭐 하는 거야?"

　"메일 체크. 내가 이번 주 투서함 당번이니까."

　"투서함 당번?"

　그 의문에 답한 건 아야노가 아닌 안쪽에서 작업을 하고 있던 시호였다.

　"투서함이라는 게 있잖아? 학생들의 의견이나 요구를 받기 위한 건데 우리 학교에도 있어."

　"그렇군요. ……어라? 그런데 어째서 컴퓨터인가요?"

　"투서함이라곤 해도 실제로 상자를 둔 게 아니라 학생회 홈페이지에 주소가 적혀 있거든, 거기서 요구를 보내게 되어 있어."

"오오, 하이테크네요."

"뭐, 실제로는 사소한 고민 상담 같은 느낌이지만 학생회에서는 일주일마다 당번을 정해서 담당 기간 중에 들어온 요구는 그 아이가 대응하고 있어."

"과연. 그래서 '투서함 담당'이군요."

메일을 사용해 고민 상담을 하다니 좀 재미있어 보였다.

"후지모토, 나도 봐도 돼?"

"물론이지. 뭣하면 아야노의 무릎베개를 베고 볼래?"

"아니, 그냥 옆에 서서 보면 돼."

참고로 학생회실에 있던 건 아야노와 시호뿐으로 1학년들은 아직 오지 않았다.

규율을 지키는 아이리가 없었기 때문에 변태 부회장이 폭주하지 않을지 케이키가 경계하는 와중에 아야노는 의외로 진지한 얼굴로 수신 메일을 체크해갔다.

'학식 메뉴에 고급 스테이크를 추가해주세요.'

"네, 네, '무리입니다~'라고 답변."

"조잡해?!"

"익명인 걸 핑계로 장난스러운 요구를 하는 사람이 있으니까."

이 투서함은 발신인 주소가 표시되지 않도록 설정되어 있어 개인을 특정할 수 없게 되어 있는 듯했다. 익명으로 설정해 본심을 털어놓기 쉽도록 배려한 거지만 그것 때문에 장난이 늘어나는 건 골칫거리였다.

실제로 도착한 메일 대부분이 장난이라고 생각되는 내용이거나 애초에 요구조차 아닌 푸념 같은 것이었지만 아야노는 화를 내지도 않고 묵묵히 답장을 해주었다.

그리고 마지막 메일을 열었을 때 그녀의 표정이 약간 변했다.

"이건……."

"어라, 후지모토가 고민하고 있어?"

"응……좀 어려운 문제일지도."

"어디, 어디?"

아야노 옆에서 화면을 들여다보았다.


'학생회 여러분, 안녕하세요. 실은 최근 저에게 연하의 남자친구가 생겼습니다. 그래서 중간고사 후 두 번째 데이트를 하기로 약속했는데 연인은 그가 처음이라 연상으로서 능숙하게 리드할 수 있을지 불안합니다. 첫 데이트도 왠지 어색한 느낌이었는데 이번에는 실패하고 싶지 않아요. 그래서 학생회 여러분께서 좋은 추억을 만들 수 있는 멋진 데이트 플랜을 가르쳐줬으면 좋겠습니다. 뻔뻔스러운 상담이라 송구하지만 부디 잘 부탁드립니다!'

그 메일에는 정말 순진한 여학생의 마음이 담겨 있었다.

"오오, 꽤 진지한 상담이네."

"응. 인간관계는 어려운 문제니까 어설픈 조언은 못 하겠지."

"확실히, 대충 답변해도 되는 안건은 아닌 것 같아."

안이하게 작성한 데이트 플랜으로 파국에 이르기라도 하면 뒷맛이 개운찮을 것이다.

"하지만 이런 상담은 학생회 일이 아니잖아?"

"그럴지도 모르지만 최대한 응원해주고 싶어. 어떤 사소한 일이라도 학생들을 위해 최선을 다하는 게 학생회 일이니까."

"오오……."

무의식중에 좀 감동하고 말았다.

그녀는 그녀 나름대로 자부심을 갖고 직무에 임하고 있었다.

"그럼 최선을 다해 멋진 데이트 플랜을 생각해 봐야겠네."

"응. ……하지만, 갑자기 문제가 있어."

"문제?"

"나도 데이트라던가 그런 건 경험부족이니까……."

"그건…… 확실히 치명적인 문제네."

연애 상담인데 회답자가 연애경험이 없다면 본말전도겠지.

경험이 없는데 정확한 조언을 할 수 있을 리가 없었다.

"키류는?"

"나, 나도 별로 경험은 없는데…….""

실제로는 서예부 여자회원들과 데이트 경험이 있긴 하지만, 이 자리에서 말하면 다른 문제로 발전될 것 같아서 애매하게 얼버무렸다.

"그럼 실제로 경험해보면 되지 않을까?"

"타카사키 선배?"

조언을 건넨 건 어느샌가 옆에 서 있던 학생회장으로.

"내일은 마침 학교 창립기념일이라 쉬잖아? 멋진 플랜을 만들 수 있도록 케이키와 아야노 둘이서 데이트해보는 거야."

그 말에 케이키와 아야노가 서로 얼굴을 마주 보았다.

"둘이서…….""

"……데이트?"

시호의 발안에 두 사람은 데이트를 해보게 되었다.


그날 밤, 목욕을 끝내고 자기 방 침대에 드러누운 케이키는 여자가 기뻐할 만한 데이트 플랜을 생각하고 있었다.

"멋진 데이트 플랜이라…….""

대중적인 장소라면 영화관이나 수족관이나 유원지 같은 장소가 떠오르지만 과연 그것들이 의뢰인이 바라는 대답인지는 알 수 없었다.

다만 메일에 의하면 연하 남자친구와의 중요한 데이트라고 했다.

연상으로서 제대로 그를 리드하고 싶다는 의뢰인의 바람을 이뤄주고 싶었다.

"그렇다면 역시 무난한 플랜이 좋을 것 같은데."

어디까지나 고등학생다운 실패하지 않을 대중적인 장소를 선택해서 연상의 여유를 어필할 수 있을 만한 데이트 플랜을 작성하면 될 것이다.

"……아니, 그건 꽤 어렵지 않을까?"

애초에 연상의 여유를 어필할 수 있는 상황이라는 게 뭐지?

"안 되겠어, 생각 정리가 안 돼. ……기운을 낼 수 있게 저지방유라도 마실까?"

플랜 작성은 일단 휴식하고, 방을 나간 케이키는 우유를 마시기 위해 계단을 내려왔다.

"……응?"

불이 꺼져 있어 아무도 없는 줄 알았던 1층.

복도 안쪽에서 희미하게 소리가 들린 것 같아 시선을 돌리자 탈의실 문이 살짝 열려 있었고 안에서 불빛이 새어나오고 있는 게 보였다.

"……불빛?"

이 집에 있는 건 오빠와 여동생 둘뿐.

이미 두 사람 다 목욕을 끝내고 미즈하는 자기 방으로 돌아갔을 것이다.

만약 탈의실에 볼일이 있어서 여동생이 1층으로 내려갔다고 해도 복도 불이 꺼져있는 건 부자연스러운데…….

"설마…… 도둑인가?"

여러 가지로 뒤숭숭한 이 세상, 절대로 없을 거라고는 단정할 수 없었다.

게다가 탈의실을 노린다는 건 속옷 도둑일 가능성이 높은데―.

"……헉?! 미즈하의 팬티가 위험해!!"

귀여운 여동생의 속옷을 지키기 위해 케이키는 숨을 죽인 채 목적지로 다가갔다.

소리를 내지 않으려고 세심한 주의를 기울이며 살짝 열린 문틈으로 안쪽 상황을 엿봤는데―.

"……오빠, 오빠…… 오빠…….."

바닥 위에 털썩 주저앉은 사복 차림의 여동생이 오빠 셔츠에 코를 묻고 몸부림치고 있었다.

뺨을 붉게 물들이고 애가 타는 표정으로 셔츠를 킁킁대는 그 모습은 조심스럽게 말해서 변태였다.

"뭐…… 하는 거야?"

"앗?!"

누군가가 말을 걸자 범인이 펄쩍 뛰듯이 고개를 들었다.

"오, 오빠?! 언제부터 거기에?!"

"방금 왔는데⋯⋯그것보다 미즈하는 거기서 뭐 하는 거야?"

"아⋯⋯."

질문을 받고 그녀는 자신의 앞으로 시선을 떨어뜨렸다.

거기에는 오빠가 벗은 셔츠라는 발뺌할 수 없는 물적 증거가⋯⋯.

"아, 아니야! 오늘은 우연히, 늘 이런 짓을 하는 건 아니야!"

"아, 네. 그러시군요."

"오빠가 믿어주지 않는 거야?!"

믿건 말건 이 눈으로 본 광경이 진실이었다.

문답무용으로 현행범이었고 이미 유죄는 확정되어 있었다. 더 이상 이론의 여지는 없었다.

"설마 미즈하가 냄새 페티시스트일 줄이야⋯⋯."

"아, 아니야!!"

"냄새 페티시스트가 아니라면 어째서 내 셔츠를 킁킁대고 있었던 거야?"

"그, 그건⋯⋯."

"그건?"

"그⋯⋯건⋯⋯."

"응, 그건?"

"으윽⋯⋯."

집요하게 추궁당하며 도망치지 못한다는 걸 깨달은 용의자가 마침내 단념했다.

"……이런 식으로 냄새를 느끼고 있으면 ……정말 좋아하는 오빠에게 안겨 있는 것 같아서 행복한 기분이…… 드니까……."

수치로 얼굴을 새빨갛게 물들이고 울상을 한 채 그녀는 열심히 자백했다.

"지금까지도…… 참지 못하고 몇 번인가 해버린 적이…… 있었……어……."

"……."

"오, 오빠?"

"왠지 미안…… 예상외로 소녀다운 동기라 오빠가 당황해서……."

"난 이제 시집은 다 갔어!"

최후의 일격을 당한 미즈하가 양손으로 얼굴을 가려버렸다.

오빠의 셔츠를 킁킁대고 있는 현장을 오빠 본인이 목격하고, 부끄러운 동기까지 자백하게 되다니, 좀처럼 회복할 수 없는 레벨의 흑역사라고 생각했다.

"뭐, 그, 뭐지…… 나도 너무 짓궂게 굴었고 이 일은 이걸로 끝내자. 더 이상 화도 안 낼 거고 나무라지도 않을 테니까."

"정말?"

"으응. 하지만 앞으로 그런 행위는 삼갔으면 좋겠어. 미즈하도 자기가 입었던 옷을 내가 냄새 맡는 건 싫잖아?"

"딱히 상관은 없는데."

"상관없어?!"

"다른 사람은 안 되지만 오빠라면 팬티까지 OK야."

"그건 이미 종착점이잖아!"

여동생의 팬티를 킁킁대는 오빠라니, 어떻게 검증해도 완전히 아웃이었다.

"어쨌든 나도 부끄럽고. 앞으로는 킁킁 금지를 부탁할게."

"네에."

그 이후 남매는 아무 일도 없었던 것처럼 같이 부엌으로 향했고 사이좋게 수분보충을 한 이뒤 각자의 방으로 돌아갔다.

다시 침대에 등을 기댄 케이키였지만 머릿속에 떠오르는 건 데이트 플랜에 대한 게 아니라 오빠의 셔츠에 얼굴을 묻고 있던 미즈하의 모습으로—.

"설마 그런 어색한 현장을 맞닥뜨릴 줄이야……."

자기 집 탈의실에서 여동생이 오빠의 셔츠를 킁킁거리고 있을 줄 누가 예상할 수 있을까.

게다가 본인의 진술로는 같은 범행이 한두 번은 아닌 것 같았다.

"혹시 사각 팬티까지 피해를 입은 건 아니겠지……?"

미즈하를 믿고 싶지만 절대로 없었을 거라고는 단정할 수 없었다.

오히려 있었을 것 같아서 무서웠기 때문에 그 이상은 생각하지 않기로 했다.

"……끌어안겨 있는 것 같아서 행복한 기분이 든다고……?"

여동생 왈, 좋아하는 사람의 냄새를 느끼면 그런 기분이 든다고 했다.

"……그럼 혹시 후지모토도?"

그녀가 케이키의 냄새를 맡고 싶어 하는 것도 특별한 감정이 있기 때문이라고 한다면—?

"……아니, 그럴 리가 없지."

아무리 그래도 너무 단순했다.

그녀의 경우, 단순히 남자의 체취를 좋아하는 것뿐이겠지.

후지모토 아야노는 냄새 페티시스트로 지금은 우연히 키류 케이키의 체취에 빠진 것뿐.

그 이상도 이하도 아닐 것이다.

◇

"좋아, 좋아, 딱 10분 전에 도착했네."

정말 데이트하기 좋은 날씨인 창립기념일 아침, 케이키는 약속 장소인 역 앞 광장에 적당한 여유를 가지고 도착했다.

현재 시각은 8시 50분을 지났을 무렵으로 아야노는 아직 오지 않은 것 같았다.

아직 시간이 있으니 앉아서 기다리자—그렇게 생각하고

적당한 벤치로 향했다.

만약을 위해 아야노에게서 문자가 오진 않는지 스마트폰을 확인하면서 길을 걷고 있는데 전방에서 똑같은 모습으로 걸어오던 여자아이와 벤치 앞에서 조우했다.

"……어라, 키류?"

"……응? 후지모토?"

익숙한 목소리가 자신의 이름을 부르자 케이키도 여자아이의 정체를 알아차렸다.

평소와 분위기가 달라 순간 누군지 몰랐지만 앞머리로 한쪽 눈을 가리고 새하얀 원피스로 몸을 두른 그녀는 틀림없이 오늘의 데이트 상대였다.

"안녕, 후지모토. 빨리 왔네."

"안녕. 키류도 빨리 왔네."

"기다리게 하면 안 되니까 10분 전에는 도착하려고."

"나도, 지각하면 안 될 것 같아서."

"그래서 벤치에서 후지모토를 기다리려고 했는데……."

"나도 벤치에서 키류를 기다릴 생각으로……."

"……픕."

"……후훗."

얼굴을 마주한 두 사람은 이상함에 동시에 웃음을 터뜨렸다.

"우린 완전 같은 생각을 하고 있었네."

"응. 어쩌면 우린 서로 닮았을지도."

그런 느낌으로 그녀와의 데이트는 쾌활한 분위기로 막을 열었다.

"키류, 오늘은 잘 부탁할게."

"그래, 최선을 다해서 멋진 데이트를 연구해보자."

오늘의 목적은 의뢰인의 희망을 만족시킬 '멋진 데이트 플랜'을 기획하는 것이었다.

실제로 여러 가질 시험해보고 괜찮을 것 같은 장소를 찾으려는 것이었다.

"일단 오늘의 대략적인 스케줄 표를 만들어봤어."

"오, 역시 우등생. ─어디, 어디?"

건네받은 수첩을 팔랑팔랑 확인해보니 거기에는 분 단위의 시각표와 목적지와 그곳에서 뭘 할지 등이 상세하게, 정말 빈틈없이 **빽빽**하게 쓰여 있었다.

"잠깐, 잠깐, 잠깐?! 이건 기합이 너무 들어갔잖아!"

"그래?"

"분 단위의 스케줄이면 전혀 긴장을 풀 수 없으니까."

데이트라기보다 수학여행 안내서 같았다.

"하지만 개인적으로 후반부가 야심작이야."

"후반부?"

스케줄 표 마지막 부분을 확인했다.

"흐음, 흐음, 역시나. 데이트 마지막엔 호텔에서 하룻밤을 지새우는 거구나…… 호텔?!"

　무의식중에 재차 확인했다.

　거기에는 귀여운 글자로 분명 '둘이서 호텔'이라고 쓰여 있었다.

　"아침까지 키류랑 보내고 싶어서."

　"아침까지 뭘 할 생각인데?!"

　"알맞게 땀을 흘린 케이키를 끌어안고 잠들고 싶어."

　"설마 하던 안는 베개! 그래서 배팅 센터라던가 볼링처럼 땀을 충분히 흘릴 만한 스케줄이 포함된 거구나!"

　알맞게 땀을 흘리게 한 다음 좋은 향기로 완성시킬 생각이었던 것 같다.

　절대로는 아니지만 의뢰자에게 제공할 수 있는 데이트 플랜은 아니었다.

　"미안하지만 이건 각하하는 걸로."

　"아쉽다……."

　"그건 그렇고 용케 하룻밤 만에 이렇게 써왔네."

　"키류와 데이트할 수 있다고 생각했더니 기뻐서 여러 가지를 생각해봤어."

　"뭐……?"

　생각지도 못한 발언에 아야노를 바라보자 그녀는 쑥스러운 듯 수줍어했다.

　(……어라? 지금 깨달았는데 오늘 후지모토, 엄청 귀엽지

않아?)

흰색 원피스는 굉장히 잘 어울렸고 머리도 평소보다 정성껏 세팅되어 있었다.

엷게 화장도 한 것 같았다.

평소와 좀 다른 분위기에 여자라는 느낌이 들어서 왠지 묘하게 두근거렸다.

(이렇게 멋을 부리다니……설마 정말 나를?)

어젯밤 의혹이 다시 급부상했지만,

(아니, 아니. 휴일이니까 이 정도의 멋은 평소에도 부리겠지.)

불과 몇 초 만에 스스로 완결을 내버렸다.

"……하지만 스케줄 표를 쓰지 못하면 행선지가 좀 헷갈리는데."

"그러게. 하지만 어느 쪽이든 번화가로 나가야 하니까 지하철을 타고 생각해볼까?"

"응. 알았어."

OK라는 느낌으로 아야노가 경례 포즈를 취했다.

이렇게 멋진 데이트를 추구하는 두 사람의 여행이 시작되었다.


협의한 결과, 두 사람이 각자 생각한 데이트 장소를 번갈아 들르기로 했다.

우선 '데이트라면 영화 감상'이라는 아야노의 희망에 영화관으로.

그곳에서 지금 화제라는 액션 영화를 봤지만,

"설마 베드신이 나올 줄이야……."

"좀 자극적이었어……."

선택한 영화에 과격한 베드신이 있어 분위기가 어색해지고 말았다.

거실에서 가족들과 드라마를 보고 있을 때 찾아오는 그 현상이었다.

영화관을 나온 이후에도 옆을 걷고 있는 아야노의 위치가 노골적으로 떨어져 있었다.

"웬일로 후지모토와의 거리가 좀 멀어졌는데…… 혹시 날 경계하고 있는 거야?"

"그치만 키류도 남자니까."

"남자로서 의식해주는 건 기쁘지만 그런 거라면 평소에 끌어안는 것부터 피했어야지."

"그거랑 이건 이야기가 달라."

"후지모토의 기준을 모르겠어. ……일단 영화를 데이트 플랜에 넣는다고 해도 작품 선택에는 주의하는 게 좋겠어."

"격하게 동의."

좀 어색해하면서도 데이트 플랜의 고찰은 빠트리지 않았다.

이야기를 나누는 사이에 긴장도 좀 풀린 듯, 몇 분 후에는 아야노의 거리도 원래대로 돌아왔다.

"키류, 이번에는 어디로 갈 거야?"

"그게, 슬슬 나올 때가 됐는데……."

스마트폰으로 지도 앱을 확인하면서 걸어가다가,

"아, 저기다."

도로를 사이에 두고 맞은편에 벽돌구조의 카페가 서 있었다.

다만, 그 카페는 단순한 카페가 아니라—.

"고양이 카페……?"

"후지모토가 늘 고양이 머리 장식을 하길래 좋아하는 것 같아서."

"응…… 정말 좋아해."

평소에는 별로 표정이 변하지 않는 아야노가 눈을 반짝거리고 있었다.

그것만으로도 이 가게를 선택하길 잘했다는 생각이 들었다.

"……와아."

가게에 들어가자 바로 많은 고양이들이 맞이해주었다.

사람들에게 길들여진 거겠지. 방석이 깔린 자리에 앉자 먹이를 갖고 있는 것도 아닌데 고양이들이 몰려들었다.

"……귀여워."

부드러운 미소를 띠는 아야노가 고양이를 쓰다듬었다.

야옹이의 사랑스러움에 맥을 못 추는 것 같았다.

그러자 한 마리의 검은 고양이가 케이키의 무릎에 올라타고 어리광을 부리는 듯 뺨을 부비부비 비벼댔다.

"으…….""

그걸 본 아야노가 입술을 삐죽거리며 맞은편 자리에서 옆으로 이동해왔다.

"나도…… 찰싹."

"왜 고양이랑 경쟁하려는 거야?"

"키류랑 붙어있어도 되는 건 아야노뿐이니까."

"그런 특수한 규칙은 처음 들었는데."

점원들의 눈도 있는데 개의치 않고 어리광을 부리는 아야노.

가게 고양이들 속에 큰 고양이가 섞여든 것 같았다.

꽤 창피했지만 냄새를 맡는 건 아니었기 때문에 억지로 잡아떼는 것도 내키지 않았다.

(……뭐, 괜찮겠지.)

적어도 오늘은 데이트였고 모처럼이니까 마음대로 하게 놔두기로 했다.

그 이후 주문한 케이크에 입맛을 다시고, 각자 고양이를 보고 즐기고, 사랑스러운 모습을 촬영하며 고양이 카페를 실컷 만끽했다.

그렇게 가게를 나오기 조금 전.

케이키가 고양이의 턱 밑을 쓰다듬어주자 아야노가 빤히 이쪽을 바라보았다─.

"후지모토?"

"아, 아니. ……키류도 고양이를 좋아하는 것 같아서."

그런 말을 하며 그녀는 웃었다.

마치 좋아하는 마음을 공유할 수 있다는 게 기쁘기라도 한 듯.


가게를 나온 후 두 사람은 다음 행선지를 생각하면서 거리를 걸었다.

"고양이 카페는 어땠어?"

"굉장히 만족스러웠고 귀중한 체험이었어. ……하지만."

즐거워 보였던 아야노의 얼굴이 약간 흐려졌다.

"이건 이걸로 즐겁지만 메일 속 아이에게 멋진 데이트가 될지는 모르겠어."

"그렇지……."

애초에 고양이 카페는 아야노를 기쁘게 해주기 위해 선택한 가게였다.

의뢰인 여학생이 좋아할지는 알 수 없었다.

"이제 와서 말이지만, 조금 더 클라이언트의 정보가 필요했어."

"응. 현 상태에선 연하의 남자친구가 있다는 것밖에 모르니까."

전장에서의 정보가 생사를 가르는 것처럼 어떤 분야든 정보는 중요했다.

데이트 플랜을 기획할 거라면 의뢰인과 그 남자친구의 프로필 정도는 입수해둬야 했다.

"모처럼의 데이트니까 연인다운 이벤트가 있다면 남자친구도 기뻐할지 몰라."

"예를 들면?"

"글세…… 손을 잡고 걸어 본다든가?"

"손을 잡으면…… 기쁠까?"

"시험해볼래?"

"뭐? 그, 그건 좀…… 부끄러울 것 같은데."

"평소엔 그만큼 달라붙으면서?!"

"그치만 그런 건 커플이라고 여길 것 같으니까……."

"이미 관계자들은 커플이라고 여기고 있어."

아야노의 성벽은 학생회에서는 주지된 사실이었기 때문에 그녀는 학생회실에서도 개의치 않고 '충전'에 힘쓰고 있었다.

시호나 린은 따스한 시선을 보내주고 있고 아이리는 차가운 시선으로 바라보았다.

게다가 사유키도 아야노를 경계하고 있었다.

도M인 변태 소녀 왈, 눈앞에서 다른 여자와 딱 달라붙어 있으면 주인님을 빼앗긴 것 같은 기분이 들어 우울해진다고 한다.

"포옹은 아무렇지도 않고 손을 잡는 건 부끄럽다니, 후지모토는 좀 특이하구나."

"소녀의 마음은 소설보다 기이하니까."

확실히 소녀의 마음만큼 복잡괴기한 건 없을지도 모른다.

"─어머? 거기 있는 건 케이 아니야?"

"응?"

길가에서 자신을 부르는 소리에 걸음을 멈추었고 거기 있던 건 두 명의 아름다운 누님들이었다.

"아, 역시 케이 맞구나. 오랜만~."

"케이, 이런 곳에서 만나다니 우연이네."

"아사히 누나? 유우히 누나도."

아키야마 쇼마의 누나, 아사히와 유우히, 쌍둥이 자매였다.

짧은 머리에 팬츠 룩의 밝은 누나가 장녀인 아사히.

긴 머리가 아름다운 롱스커트의 의젓한 누나가 차녀인 유우히였다.

"케이, 오늘은 전과 다른 여자아이를 데리고 나왔네. 혹시 여자친구?"

"남부끄러운 소리 하지 마세요. 그냥 학교 친구니까요."

연상의 여성과 친근하게 대화하는 케이키.

그런 동급생의 옷을 아야노가 조심스럽게 잡아당겼다.

"이 사람들 혹시…… 키류 전 여친들이야?"

"실은 맞아."

"그런 거 아니거든. 무슨 말을 하는 거예요? 유우히 누나."

"그런!! 그날 밤에는 그렇게 사랑해줬으면서! 케이 너무해…….."

"너무 짚이는 데가 없어서 무섭잖아요!! 그리고 점점 부풀어가는 후지모토의 뺨도 무서워!"

일단 오해를 풀기 위해 쌍둥이 자매를 가볍게 아야노에게 소개했다.

서로 자기소개를 끝내자 아야노도 안정을 되찾은 것 같았다.

"그런데 오늘은 평일이잖아요? 우린 학교 창립기념일이라 쉬지만 누나들은 대학교 수업 없어요?"

"좀 개인적인 일이 있어서 오늘은 자체 휴강했어."

"그래, 그래. 아사히랑 둘이서 태업했어."

"여전히 자유롭네요."

"그것보다 케이랑 아야노는 역시 데이트?"

"뭐, 좀 사정이 있어서요…….."

숨길 게 없었기 때문에 오늘 데이트의 목적을 두 사람에게 이야기했다.

아야노가 학생회 부회장을 맡고 있다는 것.

여러 가지 사정이 있어서 케이키가 임시 임원이 된 것.

그리고 학생회 투서함에 연애상담 메일이 보내진 것.

"―그래서 우리가 멋진 데이트 플랜을 생각하고 있어요. 혹시 괜찮으면 두 사람의 의견도 들려주면 기쁠 것 같은데요."

"멋진 데이트라…… 그럼 야경이 보이는 호텔 레스토랑에서 고급 디너를 즐기는 것도 괜찮지 않을까?"

"고등학생의 예산으로는 무리예요……."

"나라면 적당히 밥을 먹은 다음 러브호텔로 직행할 텐데."

"안 되겠어, 이 사람들은 전혀 참고가 안 돼."

경험 부족에다 이상이 너무 높은 언니와 경험이 너무 풍부해 참고해서는 안 되는 여동생이었다.

"아, 그럼 또래 아이들의 이야기도 들어볼래?"

"또래 아이들?"

"마침 저기 딱 맞는 커플이 있어."

"딱 맞는 커플? ……뭐야, 쇼마와 코하루 선배잖아?!"

아사히가 가리킨 한 커피숍.

그 창가 자리에서 최근 연인 사이가 된 두 사람이 담소를 나누고 있었다.

"실은 우린 데이트 중인 쇼랑 코하루를 미행하고 있어."

"뭘 한다고요?!"

속보, 아키야마의 쌍둥이 자매가 남동생과 그 여자친구를 스토킹하고 있습니다.

"아, 설마, 그걸 위해 학교를 땡땡이친 거예요?"

"그치만 코하루는 작으니까 데이트 중에 쇼가 불심검문을 당하진 않을지 걱정이 돼서……."

"코하루의 손을 끌고 호텔로 들어가려다 쇼가 순경 아저씨한테 끌려갈 것 같아서……."

"무슨 걱정이에요?! 저렇게 보여도 코하루 선배는 합법적이니까 체포당하지 않는다고요!"

오오토리 코하루는 고등학교 3학년생. 초등학생이 아니니까 세이프입니다.

"키류……."

"응? 왜? 후지모토?"

"뒤에……."

"뒤에?"

뒤를 돌아보자 거기에는 어이없는 얼굴의 쇼마가 서 있었다.

"……다들 모여서 대체 뭐 하는 걸까?"

타깃에게 발각되어 브라더 콤플렉스 자매의 추적조사는 끝을 맞이하게 되었다.


쌍둥이 자매가 돌아간 후 케이키와 아야노는 쇼마 커플과 동석하게 되었다.

밖에서 봤던 창가 자리에서 맞은편에 앉은 커플에게 이쪽 사정을 설명했다.

"그렇구나. 멋진 데이트 플랜을 짜내기 위해 우리의 이야기를 듣고 싶다는 거지?"

"왠지 미안하다. 쇼마와 코하루 선배를 방해할 생각은 없었는데."

"신경 안 써도 돼. 누나들은 그렇다 쳐도 케이키가 잘못한 건 없으니까."

"강의를 빼지고 남동생을 미행하다니, 누나들은 여전히 적극적이네."

그 이후, 남동생에게 혼난 누나들은 맥없이 되돌아갔다.

혼나면서도 좀 기뻐 보였던 두 사람이야말로 브라더 콤플렉스의 모범.

"후후, 지금까지는 따라다니는 쪽이었으니까, 내가 미행 당하는 건 좀 신선하네요."

"아, 코하루 선배는 경험자였죠."

"경험자?"

"사랑은 맹목적인 거야, 후지모토."

"?"

쇼마의 말에 아야노가 고개를 갸웃거렸다.

작은 체구와 땋아 늘어뜨린 머리가 귀여운 오오토리 코하루는 베테랑 스토커였다.

오늘 그녀는 드레스 같은 양복에 볼레로를 맞춘 차림으로 부잣집의 아가씨 같은 옷차림을 하고 있었다.

　(아니, 실제로 부잣집 아가씨였지.)

　코하루가 사장 영애라는 이야기는 친구들 사이에서는 잘 알려진 사실이었다.

　아야노는 학생회에서 동아리 관계 업무를 담당하고 있었기 때문에 천문부에 소속된 코하루와도 일단 면식이 있는 것 같았다.

　쇼마도 케이키가 같이 있을 때 몇 번인가 아야노와 서로 접촉한 적이 있었기 때문에 이쪽도 첫 대면은 아니었고 생각한 것만큼 어색한 분위기는 풍기지 않았다.

　"하지만 코하루 선배에게 이야기를 들을 수 있어서 다행이에요."

　"어째서죠?"

　"의뢰인의 남자친구가 연하라고 하더라고요. 코하루 선배도 연하인 쇼마와 사귀고 있으니까 여러 가지로 참고가 될 것 같아서요."

　"그런 건가요? 그렇다면 무엇이든 질문하세요."

　"오오……."

　웃는 얼굴로 승낙해준 코하루가 여신으로 보였다.

　"하지만 저의 경우에는 거의 쇼마가 리드를 해줘서 쇼마가 더 연상 같은 느낌이랍니다. 에헤헤."

"아, 이건 전혀 참고가 되지 않을 패턴인데."

하지만 행복해 보이는 선배가 귀여우니까 용서하고 말았다.

"하지만 코하루는 가끔 나보다 적극적이야. 얼마 전에도 데이트를 끝내고 돌아오는 길에 길가에서 '꽉 안아주세요.'라고 말해줘서──."

"자, 잠깐, 쇼마?!"

적극적인 자신의 모습을 폭로 당하게 된 코하루가 허둥지둥거렸다.

얼굴을 새빨갛게 물들이고 항의하는 그녀를 로리콘 남자친구가 시원시원한 미소로 달랬다.

그런 두 사람을 아야노가 먼 곳을 보는 눈으로 바라보았고──.

"두 사람은 친해?"

"뭐, 이미 완벽한 커플이니까."

"응…… 하지만 좀 부러운 것 같아."

"부러워?"

"아야노도 여자니까, 멋진 남자친구가 있었으면 좋겠다고 생각하기도 해."

"아, 으응……."

솔직히 의외였다.

그녀는 사람의 체취에밖에 흥미가 없는 줄 알았으니까.

(하지만 그렇다면 후지모토는 어떤 남자가 타입일까? ……역시 체취를 많이 풍길 것 같은 스타일?)

머릿속으로 땀을 흘리는 근육남을 상상하니 구역질이 났다.

이 사고실험은 너무 위험했기 때문에 영원히 봉인하기로 했다.

그 이후에는 4명이 데이트 플랜의 안을 서로 내놓아보았다.

틈틈이 쇼마의 연애 이야기를 듣기도 하고, 사소한 잡담을 나누면서 약 1시간 정도 체류했고 모두 함께 커피숍을 나올 무렵에는 시각이 오후 2시를 넘어가고 있었다.

"코하루 선배랑 쇼마는 계속 거리를 돌아다닐 거예요?"

"아뇨, 오늘은 지금부터 집에서 데이트를 할 예정이에요."

"오오— 그거 좋네요."

"집에서 데이트를……?"

귀에 익지 않은 단어였던 건지 아야노가 고개를 갸웃거렸다.

"소먀의 집에 방문해서 둘이 함께 보낼 거예요."

"그런 게 있구나…….""

그렇게 맞장구를 치며 아야노가 곁눈질로 케이키를 바라보았다.

"후지모토?"

"저기…… 아니, 역시 아무것도 아니야…….."

뭔가를 말하고 싶은 듯 입을 열었다가 결국 그녀는 아무 말도 하지 않았다.


쇼마와 헤어진 후, 아야노와 둘이서 거리를 어슬렁거렸다.

쇼핑몰을 둘러보고, 호화로운 크레이프를 사먹고 생각이 나는 대로 데이트다운 상황을 시험해보았다.

그런 식으로 열심히 즐긴 두 사람은 현재, 공원 벤치에서 휴식을 취하고 있었다.

"경험을 쌓기 위해 데이트해봤는데 후지모토의 감상은?"

"꽤 즐거웠어."

"그거 다행이네."

"나머지는 오늘 모은 데이터를 바탕으로 데이트 플랜을 생각하는 것뿐이네."

"뭐, 그게 가장 힘들겠지만."

어쨌든 뜬구름 잡는 이야기였다.

뭐가 즐거운지 어떤 게 중요한지는 본인밖에 모른다.

더구나 데이트 행선지라니, 그거야말로 커플 숫자만큼의 선택지가 있었다.

"괜찮아. 돌아가면 바로 해볼게."

"계속 일을 할 생각이야……?"

그녀의 사전에 '휴식'이라는 문자는 없는 걸까.

오늘 아침, 역 앞 광장에서 보여준 스케줄 표도 늦게까지 일어나서 쓴 거겠지.

그런데 오늘도 돌아가서 작업을 한단다.

이름도 모르는 누군가를 위해 그렇게까지 진지해질 수 있는 이유는 뭐지?

"후지모토는 어째서 그렇게 열심히 하는 거야?"

"뭐?"

"분명 업무의 범주를 뛰어넘은 것 같은데. 일면식도 없는 의뢰인을 위해 모처럼의 휴일을 반납하면서까지 어째서 그렇게까지 열심히 할 수 있는지 궁금해서."

"어째서냐고 물어봐도…… 그렇게 거창한 이유는 없어, 하지만……."

"하지만?"

"난 소극적인 성격인 날 바꾸고 싶어서 학생회에 들어갔으니까."

"아, 전에 말해줬었지."

학교 창고에 갇혔을 때 아야노는 자신에 대해 이야기해주었다.

"계기는 시호 선배가 권유해줬기 때문인데. 그때까지는 친구도 없었고 막연히 하루하루를 보내고 있었어. 공부는 좋아했지만 왠지 무언가가 불만스러웠지……."

"응……."

왠지 모르게 이해할 수 있을 것 같았다.

정체를 알 수 없는 외로움과 닮은 감각.

분명 그건 누구나가 적지 않게 안고 있을 감정일 것이다.

"하지만 학생회에 들어간 이후로는 즐거웠어. 일은 힘들었지만 누군가가 날 필요로 한다는 건 행복한 일이니까. 그걸 깨닫고 나니 난 학교가 좋아졌어."

음미하듯 말하며 아야노가 문득 미소 지었다.

"그러니까 그 아이도 즐거운 학교생활을 보냈으면 좋겠어. 연인과 잘 지낼 수 있다면 분명 좀 더 즐거워질 거라고 생각해."

"후지모토……."

그게 그녀가 이 상담에 최선을 다하는 이유.

열심히 하는 목적으로서는 심플하고 너무 상냥한 것 같지만.

공연히 응원하고 싶어지는 건 왜일까.

옆에서 지지하고 싶어지는 건 어째서일까.

"……이게 카리스마라는 건가?"

"카리스마?"

"아무것도 아니야. 그것보다 지금부터 어떻게 할래? 뭔가 남겨둔 게 있으면 해버리자. 오늘은 후지모토가 만족할 때까지 같이 다녀줄게."

"그래도 되겠어?"

"그럼, 모처럼의 기회니까."

누군가를 위해 최선을 다하는 그녀에게 도움이 되고 싶었다.

그걸 위해서라면 조금 늦게 돌아가도 상관없었다.

"그럼……."

웬일로 긴장한 것 같은 얼굴로 아야노가 말했다.

"키류의 집에…… 가보고 싶어."

"……뭐?"


그렇게 아야노의 간곡한 소망으로 그녀를 집에 초대하게 되었다.

"여기가 키류의……."

유달리 크지도 작지도 않은 극히 평범한 단독 주택을 흥미진진한 듯 올려다보는 아야노.

그런 동급생을 곁눈질하던 케이키는 현관문에 손을 올렸다.

"……어라? 문이 잠겨 있네."

장이라도 보러 나간 건가? 미즈하는 부재중인 것 같았다.

어쩔 수 없었기 때문에 열쇠를 꺼내 문을 열고 아야노를 안에 들였다.

"실례합니다."

"아…… 처음으로 말해두는데 우리 집은 부모님이 맞벌이를 하셔서 좀처럼 돌아오지 않으셔. 지금은 여동생도 나간 것 같으니까 저기…….

"그럼 혹시……키류랑 나, 둘뿐이라는 뜻?"

"두, 둘뿐이라고 덮치면 안 돼."

"그건 보통 여자가 하는 대산데."

"후지모토는 오히려 덮치는 쪽이니까 경계하는 거지. ……내 방은 이쪽이야."

손님용 슬리퍼를 권하고, 둘이서 계단을 올라가 2층으로.

일단 신사의 소양으로서 므흣한 잡지가 나와 있지 않은 걸 확인한 후 그녀를 방으로 들어오게 했다.

"아, 의외로 깔끔하네. 남자들의 방은 좀 더 어질러져 있는 줄 알았어."

"우리 집에는 결벽증 여동생이 있으니까."

불결한 걸 용납하지 못하는 미즈하에 의해 집안 위생관리는 철저하게 되고 있었다.

그건 오빠의 방도 예외는 아니었고 정리하지 않으면 강제적으로 클리닝되기 때문에 청소는 바지런하게 하는 걸 늘 명심하고 있었다.

"그리고…… 키류의 냄새가 엄청 많이 나……."

"우와아, 오늘 하루 중 제일 기뻐 보이는 얼굴……."

방에 초대된 것만으로도 만면의 미소가.

만약 아야노가 연인이라면 이 정도로 싸게 먹히는 여자친구도 없겠지.

"일단 음료수를 갖고 올 건데…… 팬티를 뒤지거나 하면 안 돼."

"괜찮아. 바로 벗은 것 말고는 흥미가 없으니까."

"그, 그래……?"

그게 과연 괜찮은 걸까?

"……부디 아무 일도 생기지 않기를."

변태를 남겨놓고 간다는 사실에 불안감을 떨칠 수 없었지만, 그녀도 학생을 대표하는 학생회 임원 중 한 명.

(역시 다른 사람의 집에서 행패를 부리지는 않겠지. ……아마.)

음료수를 갖고 방으로 돌아갔더니 아야노가 침대에서 즐기는 중이었다—라던가.

베개에 얼굴을 묻고 시트에 몸을 문지르면서 하고 싶은 대로 하고 있었다—와 같은 전개는 일어나지 않겠지. ……아마.

그리고 몇 분 후, 보리차를 올려놓은 쟁반을 손에 든 케이키가 방으로 돌아왔을 때,

"역시나……?!"

아니나 다를까 아야노가 침대에서 즐기는 중이었다.

"……아니, 어라?"

현행범 체포의 흐름일 줄 알았는데 바로 상태가 이상하다

는 걸 깨달았다.

확실히 그녀는 침대 위에 있었지만, 그 몸은 위를 보고 드
러누운 상태였고, 눈꺼풀이 제대로 닫혀 있었다.

"잠든 건가……?"

이건 뭐라고 할까, 다른 의미로 곤란했다.

게다가 원피스의 옷자락이 말려 올라가서 속옷이 보일 것
같았고…….

"정말, 후지모토는……."

노출된 다리에 대해서는 역시 보고도 못 본 척할 수 없는
참상이었기 때문에 테이블에 쟁반을 올려둔 케이키는 옷자
락을 바로 하기 위해 침대로 다가갔다.

"아무리 그래도 너무 무방비하잖아……."

그렇게 말하며 원피스 치마로 손을 뻗었을 때―.

"―걸렸다."

"응? ……앗, 으아아악?!"

눈을 뜬 아야노가 팔을 잡아당겨 케이키는 양손을 쑥 내
민 채로 그녀를 뒤덮은 형태로 침대 위에 착륙했다.

객관적으로 말해서 어떻게 봐도 케이키가 그녀를 밀어뜨
린 것처럼 보이는 자세.

원피스의 어깨끈이 벗겨지면서 드러난 새하얀 어깨에 가
슴이 덜컹 내려앉았다.

움직인 순간 머리가 헝클어졌고 평소에는 숨겨져 있는 그

녀의 눈동자가 그대로 드러나게 되었다.

"……이건 대체 무슨 짓이지?"

"남자의 마음을 농락하는 악녀가 되어봤어."

"어째서?! 아니, 자는 척을 한 거야?!"

"키류도 남자니까 팬티를 보여주면 덮칠 것 같아서."

"팬티 같은 건 보이지도 않았고 난 옷자락을 정리하려고 한 것뿐이야!!"

자신의 결백을 증명하려고 노력하는 케이키를 아야노가 웃는 얼굴로 바라보고 있었다.

좀처럼 볼 수 없는 그녀의 민낯은 뭐라고 할까, 정말 귀여워서─.

"……후지모토는 어째서 늘 한쪽 눈을 가리고 있는 거야?"

"원래 소극적인 성격이었으니까 상대의 눈을 보고 이야기하는 게 싫었어. 누군가와 얼굴을 마주 대하면서 이야기하는 건 아직 좀 긴장이 돼."

"그런 이유였어?"

"지금도……키류가 가까이 있어서 굉장히 긴장이 되는걸."

"그거야…….."

이런 자세로 서로 마주하는 건 소극적인 성격이 아니라고 해도 긴장이 될 것이다.

"미안, 금방 비켜줄게."

"아, 잠깐만!"

"응?"

자신을 불러 아래쪽을 바라보자 살짝 촉촉해진 두 개의 눈동자가 빤히 케이키를 바라보고 있었다.

"……저기, 오늘은 고마워. 같이 해줘서."

"딱히, 난 별로 한 것도 없는데."

"그렇지 않아."

조용히 부정하며 아야노가 꽃과 같은 미소를 보여주었다.

"난 키류와 외출할 수 있어서 즐거웠어. 키류랑 데이트할 수 있어서 기뻤어. 같이 있으면서 깨닫게 됐어. 역시 넌 나의 운명의 사람이라는 걸……."

"뭐……?"

"여기 온 것도 그래. 오오토리 선배의 이야기를 듣고 괜찮을 것 같아서 온 건데. 아까도 둘뿐이라는 이야기를 듣고 기대했어. 키류랑…… 이런 식으로 되면 좋겠다고."

"그게 무슨……?"

질문을 하자 그녀는 부끄러운 듯 뺨을 붉게 물들이며—.

"이런……것."

케이키의 등에 양손을 두르고 자신 쪽으로 꽈악 끌어당겨 안았다.

두 사람의 몸이 겹쳐지고 완전히 그녀를 덮고 말았다.

이성의 부드러움과, 침대 위에서 여자와 끌어안고 있는 이 상황에 얼굴이 불타는 것처럼 뜨거워졌다.

"후, 후후후후지모토?!"

"……좋아."

"으에엑?!"

"키류의 냄새가 좋아."

"……응?"

"키류의 냄새가 너무 좋아서 안는 베개 대용으로 집에 갖고 가고 싶어."

"결국 안고 자는 베개였던 거야?!"

안정된 변태라는 뻔한 결말이었다.

어젯밤 미즈하와의 일을 겪은 이후부터, 어쩌면 아야노도 자신에게 호의를 갖고 있을지도 모른다고 의심했지만 그런 건 조금도 없었던 모양이다.

"킁킁킁."

"겨드랑이 냄새를 맡지 마아아아아아아아아?!"

"……하아, 굉장히 진해. 많이 걸어서 그런지 알맞게 땀이 나서 느낌이 좋아."

"설마 처음부터 그럴 생각으로?!"

그녀는 아침에 말했던 케이크를 안고 자는 베개로 만든다는 계획을 포기하지 않았다.

어쩌면 코하루가 말한 '집안 데이트'에 착상을 얻어, 누구에게도 방해받지 않는 개인실에서 알맞게 땀을 흘려 좋은 향기가 나는 케이크를 맛있게 먹을 작전을 꾸몄던 걸지도.

"킁킁…… 아아, 좋은 냄새. 못 참겠어…… 하아하아…….

"싫어어어어어?! 간지러우니까 목덜미 냄새는 맡지 마아아아아아!!"

완전히 발정한 모습으로 식식거리는 변태 소녀를 떼어냈다.

"……그럼 냄새를 맡지 않는다면 이렇게 해도 돼?"

"뭐……?"

갑자기 얌전한 목소리가 들려 자신도 모르게 찬찬히 아야노의 얼굴을 바라보았다.

그러자 그녀는 부끄러운 듯 케이키를 외면하고 말았다.

그 옆얼굴은 열이라도 있는 건 아닌지 걱정될 정도로 빨갰고 그럼에도 케이키에게서 떨어지지 않으려는 듯 양손은 등 뒤에 꽉 두른 채였다―.

(뭐야, 이 반응?! 엄청 귀엽잖아!!)

정체불명의 귀여운 반응에 케이키까지 얼굴이 붉어졌다.

"어, 어쨌든 일단 떨어지자! 이런 모습을 만약 미즈하가 보기라도 하면―."

"―보기라도 하면 어떻게 되는데, 오빠?"

"……뭐?"

고개를 들었을 때, 어느샌가 방 문이 열려 있었고 무서울 정도로 무표정인 여동생이 오빠를 내려다보고 있었다.

"내가 보기라도 하면…… 어떻게 되는데?"

"히이이익?!"

결론부터 말하면 어떻게도 되지 않았습니다.

그날은 미즈하가 용서해줄 때까지 무릎을 꿇고 계속 사죄해야 했습니다.

◇

다음 날 방과 후, 아야노는 누구보다도 먼저 학생회실을 찾았다.

조급해지는 마음을 억누르며 비품인 데스크톱 컴퓨터의 전원을 켰다.

그만큼 새로운 기종도 아니었기 때문에 약간 긴 듯한 기동시간을 초조하게 느끼고 있는데 컴퓨터가 켜지기 전에 시호가 들어왔다.

"아야노, 안녕. 오늘은 평소보다 빨리 왔네."

"상담에 대한 답장을 하지 않으면 안 될 것 같아서요."

"아, 투서함 말이지? 멋진 데이트 플랜은 생각났어?"

"네. 그럭저럭 알게 된 것 같아요."

"흐응? 아야노가 어떤 플랜을 생각했는지 언니도 궁금해지는데?"

"부끄러우니까 보면 안 돼요."

"뭐—? 그렇게 말하면 괜히 더 궁금해지잖아."

"절대로 안 돼요."

"네에. 알겠습니다~."

어린애처럼 대답을 하고 시호가 늘 앉던 자리에 앉았다.

그 모습을 확인한 후 아야노는 작업을 개시했다.

메일함을 열고 키보드에 손가락을 얹었다.

천천히 자신의 마음을 덧그리듯 데이트에서 얻은 '답변'을 작성했다.

"⋯⋯후우."

엔터키를 누르고 완성된 메일을 송신했다.

같은 학교의 이름도 모르는 누군가에게 아야노 자신이 찾아낸 말을 전했다.

그게 정답인지는 알 수 없고, 다른 임원이라면 좀 더 멋진 답변을 찾았을지도 모른다.

하지만—.

"⋯⋯잘 됐으면 좋겠다."

그와의 데이트로 자신이 느꼈던 기쁨은 진짜였으니까 이 기분을 그녀도 알게 됐으면 좋겠다고 생각했다.

◇

같은 시각. 학교 보건실에서 굉장히 매력적인 보건 선생님 타치바나 카오리(28세)가 진지한 얼굴로 컴퓨터 화면을 응시하고 있었다.

쓰여 있는 문장을 훑듯 읽은 그녀는 만면의 웃음을 띠며 자리에서 일어났다.

"그래! 같이 있을 수 있다면 그것만으로 기쁘겠지! 고마워, 학생회 여러분! —좋아, 다음 주에는 최선을 다해서 멋진 데이트를 즐기는 거야♪"

처음 생긴 남자친구와의 데이트에 들뜬 30세를 앞둔 교직원.

그녀의 컴퓨터에는 전날 보낸 연애상담에 대한 답신 메일이 표시되어 있었다.


'좋아하는 사람과 함께라면 그것만으로도 멋진 데이트가 될 거예요.'

아야노와 데이트한 날 밤, 케이키가 거실에서 버라이어티 방송을 보고 있을 때 목욕을 끝낸 미즈하가 웃는 얼굴로 말을 걸었다.

"오빠, 오빠, 오늘 밤엔 같이 영화 보자."

"오오, 좋은데."

미즈하는 영화 감상이 취미였고 휴일엔 자주 남매가 함께 보곤 했다.

"그래서, 오늘은 뭘 볼 건데?"

"이거."

그녀가 손에 들고 있는 건 '저주받은 유치원'이라는 호러 영화 DVD였다.

"뭐야? 호러 영화?"

"응. 오늘 대여가 시작된 신작이야."

"하지만 미즈하는 이렇게 무서운 건 싫어하잖아? 무리해서 심령영화를 보면 혼자선 못 자게 될 텐데……."

"그게 무슨?"

"아니, 그러니까 이걸 보면 우리, 오늘 밤은 같이 자게 되는 거……."

"무슨 문제라도? 여동생이 집을 비운 사이에 방에서 여자를 쓰러뜨린 오빠 씨?"

"같이 보도록 하겠습니다!"

미즈하가 아야노와의 정사(오해)를 목격한 게 2시간 정도 전의 일.

사정을 이야기하고 사죄도 했지만 아직 미즈하의 분노는 가라앉지 않은 듯했다.

이렇게 미즈하와 둘이서 영화감상을 하게 되었지만 그녀가 빌려온 신작 영화는 저렴한 타이틀에 비해서 꽤 진지한 내용이라—.

"……오, 오빠? 먼저 잠들면 화낼 거야."

"그러니까 말했잖아……."

불을 끈 거실에서 약 2시간, 끝까지 호러 영화를 감상한 결과 혼자선 화장실에도 갈 수 없게 된 미즈하는 오빠의 침대로 파고들었다.

"정말 무서웠어…… 솔직히, 빌린 걸 후회하고 있어."

"일본 호러 영화는 분위기가 너무 잔인하니까."

서양 호러 영화의 깜짝 놀라게 하는 공포가 아닌 물밀 듯이 다가오는 그런 조용한 공포에는 꽤 오싹거렸다.

(하지만 지금의 난 호러 영화 이상의 공포를 맛보고 있어…….)

파자마 차림의 여동생이 같은 침대 위에 있는 이 상황이 무서웠다.

술에 취했었다고는 해도 그녀에겐 밤에 자신을 덮치려고

했던 전력이 있었고 자신의 정조를 여동생에게 빼앗기진 않을지 정말 무서웠다.

"오빠……."

"저기, 부탁이니까 끌어안는 건 좀 봐줘! 오빠의 이성이 못 버틸 것 같아!"

"그럼 벗는 건?"

"당연히 안 되지!"

미즈하가 의붓여동생이라는 게 판명되기 전이라면 몰라도.

피가 이어지지 않았다는 걸 알게 되고, 미즈하가 자신에게 이성으로서의 호의를 보내고 있다는 걸 알게 된 지금은 조금이나마 그녀를 여자로서 의식하고 있었다.

그런 상태에서 가슴을 눌러대거나 옷을 벗거나 하면 역시 곤란했다.

"하지만 이러니저러니 해도 함께 자는 오빠가 좋아."

"난 너무 억지 부리는 여동생은 좋아하지 않아."

"정말?"

"미안, 거짓말입니다. 솔직히 억지를 부려도 기쁩답니다."

"후후, 오빠는 시스터 콤플렉스니까."

"미즈하의 브라더 콤플렉스도 상당한 거라고 생각해."

평범한 여동생은 이 나이에 오빠와 함께 자려고 하지 않겠지.

그런 대화를 나누면서 자연스럽게 두 사람은 서로 등을

맞대게 되었고, 남매 사이엔 잠깐의 침묵이 내려앉았다.

"……저기, 미즈하?"

"왜?"

"아까 후지모토와의 일은 정말 오해야."

"응, 알아."

"그럼 이제 화 안 낼 거지?"

"화 안 났어. 화가 난 건 아니지만…… 걱정은 되니까."

"걱정?"

"오빠는 금방 다른 여자들과 친해지니까. 학생회에도 귀여운 애들밖에 없는 것 같고, 오빠를 좋아하는 여자로서는 걱정이 돼."

"미즈하……."

"최근 서예부도 쉬고 있고…… 오빠의 귀가도…… 늦어……지니까……."

서서히 그녀의 목소리가 작아졌고,

"좀…… 외로워……."

그 말을 마지막으로 미즈하는 잠들어버렸다.

"외롭다고……."

확실히 요 며칠, 학생회가 바빠서 귀가가 늦어졌었다.

서예부도 쉬고 있기 때문에 미즈하는 혼자 이 집에서 케이키가 돌아오는 걸 기다리고 있었을 것이다.

"미안, 눈치 못 채서……."

깨지 않도록 살며시 그녀의 머리를 쓰다듬었다.

바쁜 부모님이 돌아오지 않는 이 집에서 혼자가 되는 게 얼마나 불안한지 알고 있는데 여동생을 외롭게 만들고 말았다.

"……내일부터는 최대한 빨리 돌아오도록 노력하자."

귀가를 기다리는 아내를 위해 서둘러 일을 일단락 짓는 샐러리맨 같은 결의를 굳히며 케이키도 잠에 빠졌다.

그렇게 많은 일이 있었던 휴일이 끝나고—.

날이 밝고 새로운 아침 해가 떴을 무렵.

잠을 이룰 수 없게 된 케이키가 눈을 떴을 때 무언가가 시야를 가로막고 있었다.

"……? 뭐지?"

그가 몸을 일으키자 얼굴을 덮었던 물체가 스르륵 떨어졌다.

"이, 이건……?!"

순백의 그건 여자의 팬티였다.

아무래도 수면 중인 미즈하가 무의식적으로 벗어 던진 것 같았다.

게다가 벗어 던진 건 팬티뿐만이 아니라서, 침대 주위에는 파자마 상하의와 의외로 큰 브래지어까지 여기저기 흩어져 있었다.

"그렇다는 건, 설마……."

주뼛주뼛 옆을 바라보자 전라인 여동생이 행복한 듯 숨소리를 내면서 잠들어 있었고 너무 자극적인 광경에 케이키는 소녀 같은 비명을 질렀다.


"정말, 미즈하의 노출벽 좀 어떻게 안 될까……?"

그렇게 쉽게 알몸이 된다면 이성이 몇 개가 있어도 부족할 것 같았다.

아침에 일어난 일을 돌이켜보면서 학교 건물을 걷다보니 바로 목적지에 다다랐다.

"수고 많으십니다."

방과 후 학생회실에는 이미 임원들이 모두 모여 있었고 각자 작업을 하면서 인사를 받아주었다.

"키류, 어서 와."

"아, 으응…… 안녕, 후지모토…….."

학생회실에서 케이키의 자리는 교육 담당인 아야노 옆자리였다.

간신히 인사를 하고 의자에 앉았지만 그녀의 얼굴을 보자 또다시 어제의 일을 떠올렸다.

내용이 어떻든 간에 침대 위에서 여자에게 끌어안겨 있었다.

게다가 마지막에 '냄새를 맡지 않는다면 이렇게 해도 돼?'라는 기대를 갖게 하는 말까지 들었으니 그런 걸 의식하지 않는 쪽이 이상했다.

"……(힐끔힐끔.)"

왠지 아야노도 힐끔힐끔 곁눈질로 케이키의 모습을 살피고 있었고 이쪽 모퉁이만 왠지 미묘한 분위기가 조성되고 있었다.

"그, 그러고 보니 상담 건은 어떻게 됐어?"

"으, 응…… 아까 답장 보냈어."

"그, 그래……?"

"응…….."

"……."

"……."

이렇게 어색했다.

이제 막 사귀기 시작한 수줍은 커플이라고 해도 이것보단 조금 더 대화가 이어졌을 것이다.

그런 두 사람을 보고 있던 린이 큰 눈을 끔뻑거렸다.

"케이쿤 선배랑 아야논 선배, 무슨 일 있었어요?"

"아니, 딱히 아무것도."

"응. 특별히 아무것도."

"그래요? ……이상하네."

실제로는 확실히 무슨 일이 있었지만 솔직하게 이야기할 순 없었다.

"그것보다 미타니, 그 자세는 여러 가지로 좀 곤란한 것 같은데."

그녀는 현재, 의자 위에서 무릎을 양팔로 감싼 채 앉아 있었다.

무릎을 감싸고 앉은 대중적인 자세였지만 짧은 치마를 입으면 엄청난 사태가 일어난다.

구체적으로는 미타니의 팬티가 보일 것 같았다.

"아, 신경 쓰이세요? 그래, 그렇구나, 케이쿤 선배도 남자니까요~. 저도 살짝 방심했네요."

"저, 전혀 신경 안 쓰이거든!"

죄송합니다, 거짓말입니다.

솔직히 그게 신경 쓰이지 않는 남자는 없을 거라고 생각합니다.

"선배가 설레는 것 같으니까 제대로 앉기로 할게요."

"정말 조심 좀 해줘. 미타니는 너무 무방비한 것 같아……."

가슴은 없지만 여성스러운 행동에 설레기도 하고 가끔 보여주는 무방비한 부분에 두근거리기도 했다. 어쩌면 그녀는 마성의 여자일지도 모르겠다.

후배에게 농락당하며 얼굴이 붉어진 케이키를 맞은편에 앉은 아이리가 차가운 눈으로 바라보았다.

"왜 미타니를 상대로 얼굴을 붉히는 거예요……?"

"죄송합니다! 진지하게 일하겠습니다!"

"……딱히 상관은 없어요. 원하는 만큼 꽁냥거려도……."

"뭐? 나가세……?"

규율에 시끄러운 회계님께서 꽁냥거리기를 권장하고 있었다.

평소에는 아야노가 케이키에게 끌어안겨 있는 것만으로도 흠을 잡았는데.

"⋯⋯하아."

그에 더해서 이 한숨까지.

일도 진행되지 않는 것 같고 명백하게 아이리의 모습이 이상했다.

"⋯⋯저기, 시호 선배. 저, 잠깐 바람 좀 쐬고 와도 될까요?"

"그건 괜찮은데⋯⋯ 아이리, 괜찮아?"

"괜찮습니다⋯⋯."

별로 괜찮지 않은 것처럼 말하며 그녀는 학생회실을 나갔다.

"⋯⋯."

쓸데없는 참견이라는 건 알지만 기운이 없는 아이리가 아무래도 신경 쓰였다.

"타카사키 선배. 저도 잠깐 나갔다 올게요!"

"그래, 천천히 다녀와~♪"

자리에서 일어나자 시호가 싱글벙글 웃으며 배웅해주었다.

자신의 마음을 간파당한 것 같아 좀 창피해하면서 케이키는 학생회실을 뒤로 했다.

황갈색 양 갈래머리를 표적으로 삼고 교내를 찾아다니다 복도 창문을 통해 중앙 정원 벤치에 앉은 아이리의 모습을 발견했다.

"나가세!"

"어라, 키류 선배? 무슨 일이세요?"

"그건 내가 할 말이야. 한숨을 쉬길래 무슨 일인가 싶어서."

"……키류 선배와는 관계없는 일이에요."

아이리는 솔직하지 않았기 때문에 이런 반응은 예상했었다.

그녀에게서 이야기를 끌어내려면 한 가지 단계를 더 밟을 필요가 있었다.

"나가세가 예전에 내 이야기를 들어줬으니까 이번에는 내가 나가세를 도와주고 싶은데."

"……정말. 키류 선배는 정말 사람이 좋다니까요."

그렇게 말하며 후배가 살짝 미소를 지었다.

아이리 같은 타입의 인간은 뭘 하려면 이유가 필요했고, 이런 식으로 말하면 딱 잘라 거절하기 힘들다는 걸 알 정도로는 그녀를 이해할 수 있게 되었다.

케이키가 옆에 앉자 아이리가 조금씩 이야기를 시작했다.

"정말 별건 아닌데요. 실은 전날 코가에게 같이 영화를 보자고 했는데 바로 거절을 당했거든요……."

"아……."

"오늘도 점심 같이 먹자는 권유를 거절당했고 애초에 말을 걸어도 별로 반응도 안 해주니까 역시 좀 슬퍼져서……."

"그래서 한숨을 쉰 거야?"

그러고 보니 도서실 서고에서 아이리와 유이카가 이야기를 나눴을 때도 '친구가 됐으면 좋겠어.'라고 전했지만 거절당했었다.

그 이후로도 포기하지 않고 계속 도전을 했던 모양이다.

"나가세는 왜 유이카랑 친해지고 싶은 건데?"

"그거야 당연히 코가가 귀여우니까 그런 거죠!"

"뭐?"

"깜짝 놀랄 정도로 피부도 새하얗고 금색 머리도 예쁘고, 조그마한 인형 같아서 나도 모르게 꽈악 안아버리고 싶어져요! ……키류 선배와는 완전 다르죠."

"그거야 유이카와 비교하면 그렇겠지만."

초절정 미소녀와 평범한 남자, 끌어안을 거라면 망설임 없이 미소녀를 선택하겠지.

"그 아이와 친해져서 귀여운 뺨을 마음껏 부비부비하는 게 저의 목표예요!"

"……나가세, 정말 그쪽으로 마음은 없는 거지?"

그녀의 발언을 듣고 좀 불안해졌다.

"하지만 코가가 좀처럼 빈틈을 보여주지 않네요."

"유이카는 고슴도치 같은 부분이 있으니까."

낯을 가리는 유이카와 친해지는 건 어려운 일이었다.

도서위원으로서 보여주는 미소는 영업 스마일이고 그녀가 민낯을 보여주는 건 지금으로서는 가족과 서예부 멤버들 뿐일 것이다.

"저기, 키류 선배? 제가 코가와 친해질 수 있게 협력해주시면 안 돼요?"

"협력이라……."

그것 자체에는 인색하지 않았지만 아이리가 유이카를 보는 눈이 상당히 수상한 게 신경 쓰였다.

유이카와 사유키를 모델로 야한 소설을 쓸 정도였으니.

그런 위험인물을 소중한 후배에게 알선해도 될까…….

(……잠깐만? 유이카에게 친구가 생기면 도S의 성격을 치료할 계기가 되지 않을까?)

또래 친구가 생기면 마음이 넉넉해지면서 특수성벽도 진정이 될지 모른다.

케이키가 내건 '탈·변태 계획'은 아직 진전이 없었다.

시험해볼 수 있는 건 뭐든 시험해보고 싶었다.

게다가 계획과는 관계없이 유이카에겐 또래 친구가 필요할 것 같았다.

"좋아! 나가세에게 협력할게!"

이렇게 아이리의 짝사랑을 응원하게 되었다.

참고로 이날은 케이키의 생일로, 미즈하가 맛있는 케이크를 만들어 축하해주었답니다.

◇

다음 날 방과 후, 시호에게 휴가를 받은 케이키는 아이리와 유이카의 친목의 장을 세팅하기 위해 바로 타깃을 불러냈다.

그녀는 도서실에서 책을 읽고 있었던 듯 '지금부터 커피숍에서 같이 차 마시지 않을래?'라고 문자를 보내자 바로 '갈게요!'라고 활기찬 답장이 돌아왔다.

역 근처 커피숍에서 케이키와 아이리가 기다리고 있었고 머지않아 금발의 천사가 가게로 들어왔다.

창가 자리에 앉은 상급생의 모습을 발견한 유이카의 얼굴이 환하게 빛났고,

"케이키 선―어라?"

케이키 맞은편에 앉은 아이리가 시야에 들어온 순간, 기뻐 보였던 얼굴이 경계를 품은 표정으로 바뀌었다.

"……왜 여기 나가세가 있는 거예요?"

"아니, 저기서 우연히 만났거든. 모처럼이니까 같이 시간 보내는 게 어떻겠냐고 내가 권유했어."

"현지 집합이었던 건 그런 뜻이었나요……?"

음습한 시선을 남자 선배에게 보내는 유이카.

그녀의 푸른 눈동자가 '이거 다 꾸민 거죠?'라고 말하고
있었다.

"으음…… 케이키 선배랑 둘뿐인 줄 알았는데."

"저, 저기…… 방해가 된다면 난 그만 가볼게."

"굳이 그렇게 안 해도 돼. ……그럼 유이카가 쫓아낸 것
같잖아."

한숨을 쉬며 유이카가 자리에 앉았다.

아이리가 아닌 케이키 옆에.

그래도 도망치지 않고 자리에 앉았다는 건 적어도 아이리
를 싫어하는 건 아니라는 뜻이겠지.

"아─아. 유이카, 갑자기 파르페가 먹고 싶어졌어요."

"내가 살게."

바로 점원을 불러 가게에서 가장 비싼 파르페를 주문했다.

"오래 기다리셨습니다~."

컵라면과 같은 속도로 주문한 음식이 나왔다.

비싼 가격 설정도 납득할 수 있을 만큼 과일을 수북이 담
은 스페셜 파르페.

그런 비싼 파르페를 스푼으로 떠 한 입 먹은 유이카가 미
소를 보여주었다.

"하아…… 너무 맛있어서 혀가 녹는 것 같아요."

보고 있는 이쪽까지 행복한 기분이 드는 유이카의 미소
를, 똑같이 행복해 보이는 얼굴을 한 아이리가 넋을 잃고 바

라보았다.

"아아, 파르페를 먹는 코가가 너무 귀여워…… 역시 실물은 사진보다 훨씬 귀엽다니까…… 집에 갖고 가서 계속 머리를 쓰다듬고 싶어……."

변태 백합 작가의 입에서 위험한 욕망이 흘러나왔다.

부자연스럽게 숨이 거칠어졌고, 이게 만약 미소녀가 아닌 중년의 아저씨였다면 신고할 안건이었다.

정말 이런 녀석을 친구로 옆에 둬도 되는 건지 의문이 안 드는 건 아니었지만, 협력을 약속한 이상, 철벽 방어의 금발 소녀를 쓰러뜨리기 위해 강행해야 했다.

"저기, 유이카. 솔직히 말해서 나가세를 어떻게 생각해?"

"키류 선배?! 너무 직접적인 거 아니에요?!"

핵심을 찌르는 질문에 말문이 막힌 아이리는 상태를 살펴보려는 듯 흠칫거리며 유이카를 바라보았다.

"나가세는 별로 싫지 않아요."

"뭐?!"

"특별히 좋아하는 것도 아니지만요."

"아아……."

싫지 않다는 말을 듣고 기뻐했다가 좋아하는 것도 아니라는 말을 듣고 침울했다가.

일희일비하는 아이리를 보고 저절로 미소 짓게 됐다.

"다만 갑자기 친구로 지내자고 해도 곤란해요. 유이카는 나가세에 대해 전혀 모르니까……."

코가 유이카는 겁이 많은 여자아이였다.

사람과 친해지는 것도 서툴고 책을 친구라고 공언할 정도.

실제로 고등학교에 입학했을 무렵에는 도서실에 틀어박혀서 책만 읽었었다.

그런 유이카니까 상대의 생각을 알 수 없으면 불안해지겠지.

"그럼 그걸 알기 위해 나가세와 이야기를 해보면 되지 않을까? 친구가 될지 아닐지는 그 뒤에 판단해도 늦지 않을 거라고 생각해."

"왠지 케이키 선배에게 감쪽같이 넘어간 것 같은 기분이 드는데요……."

흐음, 이라며 불만스럽게 입술을 삐죽거리는 후배.

그래도 그녀는 용기를 내서 아이리를 바라보았다.

"저기, 나가세."

"아, 응."

"지금 이야기한 대로 유이카는 누가 갑자기 다가오면 곤란해하는 성격이야."

"……응."

"하지만 저기, 말을 걸어주는 건 기뻤고…… 쌀쌀맞은 태도를 취한 것도 깜짝 놀란 반동이라고나 할까……."

"으, 응?"

"권유를 거절한 것도 마음의 준비가 되지 않았기 때문이고…… 그건 유이카가 나가세를 잘 모르기 때문이니까…… 나에게 권유해주는 것 자체는 싫지 않았어."

"저기? 그건, 그러니까 무슨……?"

고개를 갸웃거리는 아이리에게 케이키가 지체 없이 설명을 덧붙였다.

"요약하면 유이카는 아주 솔직하지 않은 편이고, 사실은 나가세와 친해지고 싶어서 참을 수 없었다는 뜻이야."

"그런 말 안 했거든요?!"

"또 그런다, 유이카는 정말 솔직하지 못하다니까. 사실은 나가세 같은 친구를 원했잖아? 자, 여기선 솔직하게 '친구가 되어줘'라고 말해봐. 유이카가 말 못 하겠다면 지금은 대신 내가―."

"……케이키 선배?"

우쭐하기 시작한 상급생에게 유이카가 싱긋 웃어보였다.

"지금 당장 입을 다물지 않으면 또 그 입에 유이카의 팬티를 쑤셔 넣어주겠어요."

"히이이익?!"

팬티 때문에 질식할 뻔했던 트라우마가 되살아나 몸이 멋대로 떨렸다.

하지만 지금은 유이카 님의 체벌에 겁먹고 있을 때가 아니었다.

"코, 코가……?"

유이카의 본성을 모르는 동석자가 변모한 동급생을 어리둥절한 표정으로 바라보고 있었기 때문이다.

금발 소녀가 당황해서 입가를 막아봤지만, 너무 늦은 것 같았다.

"……코가가 입에 팬티를 쑤셔 넣는다고 했어. 코가가 입에 팬티를 쑤셔 넣는다고 했어. 코가가 입에 팬티를 쑤셔 넣는다고 했어……."

"나, 나가세……?"

무표정으로 주문을 외우듯 같은 말을 반복하는 아이리가 왠지 무서웠다.

그만큼 유이카의 본성이 충격이었던 거겠지.

케이키도 그녀에게 트라우마를 이식당한 쪽이었기 때문에 마음은 아플 정도로 이해했다.

"혹시…… 코가는 도S였어?"

"도S면 뭐? 친구가 되는 걸 관둘래?"

"잠깐, 유이카?!"

"아니, 오히려 점점 좋아지는걸! 도S인 코가…… 괜찮은 것 같아!"

"괜찮은 거야?!"

"한 바퀴 돌아서 뭔가 반대로 잘 어울리는 것 같아!"

"뭐어어……?"

나가세에게 유이카의 도S는 허용범위인 것 같았다.

"……깜짝 놀랐지만 이건 즐거운 오산일지도. 소악마인 코가가 토키하라 선배를 괴롭히는 전개를 상상하면……오늘 밤은 여러 가지로 술술 잘 써내려갈 수 있을 것 같아."

"응? 잘 써 내려갈 수 있을 것 같다니, 무슨 뜻이야?"

"유이카는 몰라도 돼."

아이리 머릿속에서 농락당하고 있다는 걸 알면 친구 따위 될 수 없겠지.

"이미 탄로 났으니 이번 기회에 말하겠는데, 케이키 선배는 노예로 만들기 위해 유이카가 노리고 있으니까 나가세는 건드리지 말았으면 좋겠어."

"키류 선배를…… 노예로?"

"혹시 그런 건 풍기를 문란하게 하니까 관두라고 말할 생각이야?"

"그런 말은 오히려 해줬으면 좋겠는데."

그리고 유이카의 계획을 포기하게 했으면 좋겠다.

미래의 노예 후보가 품은 희미한 기대는—

"그거, 엄청 좋은 생각인데?!"

아이리가 예상외로 덥석 무는 바람에 산산조각이 났다.

"남자는 노예면 충분! 오히려 코가 같은 귀여운 여자아이의 노예가 될 수 있다면 영광인 거지! 난 코가를 응원할게!"

"나가세……."

좀 감동한 듯 아이리를 바라보는 금발 소녀.

방금까지의 어색함이 거짓말인 것 같은 친밀 무드.

"……응? 뭐야, 이 전개는?"

여기까지 와서 여자 두 사람이 의기투합하는 급 전개.

확실히 친해졌을지도 모르지만 '이게 아닌 것 같은 느낌'이 장난 아니었다.

케이키의 생각이 엉뚱한 결과를 초래한 형태로, 유이카를 갱생시키기는커녕 그녀의 노예계획에 찬동하는 신자를 만들어 내는 결과가 되고 말았다.

"혹시 나…… 실수한 거야?"

네. 완전히 실수하고 말았습니다.

◇

평일의 마지막을 장식하는 금요일 점심시간.

사유키의 부름을 받고 케이키가 부실로 찾아갔을 때, 그녀는 좀비처럼 테이블에 엎드려 있었다.

"사유키 선배?"

"아…… 어서 오세요, 주인님……."

"주인님은 아니지만 무슨 일이에요? 왠지 졸려 보이는데."

"실제로 엄청 졸려."

"또 밤을 새서 작품을 만들기라도 하신 거예요?"

"아니야. 익숙하지 않은 알바 때문에 피로가 쌓인 거지."

그녀는 최근 수업이 끝나면 패밀리 레스토랑에서 알바하는 바쁜 나날을 보내고 있었다.

휴일에도 근무하는 것 같았으니 집에서의 숙면만으로는 피로가 풀리지 않는 거겠지.

"돈을 버는 건 힘든 일이구나……."

"부비의 부정유용이 얼마나 악질인지 아시겠어요?"

"네. 지금은 굉장히 반성하고 있습니다."

정말 반성하고 있는 것 같았다.

"반성은 하고 있지만 알바가 진짜 힘들어. 케이키에게 상을 받으려고 열심히 노력했는데 엉덩이를 찰싹찰싹 맞는 상 상만으로는 이제 한계야."

"아, 알았어요. 오늘 불러낸 이유를 알았어요."

"이해가 빠르구나. ─즉, 케이키에게 어리광부리기 위해서야!"

"거절할게요."

"아앙, 그렇게 뱉어 버리는 즉답이 이미 나에겐 상이야!"

"기운이 남아돌잖아요."

도M은 여러 가지로 연비가 좋았다.

밧줄로 묶이는 망상만으로 앞으로 한 달은 일할 수 있을 것 같았다.

"뭐 하지만, 정말 성실하게 일하고 있는 것 같으니까. 조금 정도라면 좋아요."

"정말?!"

"그런데, 제가 뭘 하면 되는 거예요?"

"그러니까, 어깨를 주물러줬으면 좋겠어."

"어깨?"

"알바할 때 계속 움직이니까 너무 어깨가 결리고 결려서 견딜 수가 없어. 그렇지 않아도 가슴이 큰 탓에 어깨 결림이 심한데."

"그 이야기, 유이카에게는 안 하는 게 좋겠어요."

틀림없이 전쟁이 발발할 것이다.

글래머는 모든 절벽 여자들의 적이었다.

"어쨌든, 난 선배의 어깨를 주무르면 되는 거죠?"

"으응, 무심코 손이 미끄러져서 가슴을 만져도 OK야."

"그럼 바로 시작할게요."

"무시한 거야?!"

농담을 무시하고 사유키 뒤로 돌아 들어가 의자에 앉은 그녀의 어깨에 손을 올렸다.

(우와……사유키 선배의 어깨, 엄청 가늘다……이렇게 가는 어깨가 큰 가슴을 지탱하고 있으니 어깨가 결리는 게 당연하지…….)

여체의 신비를 배운 케이키는 알바를 열심히 하는 사유키를 위해 마사지를 개시했다.

"응……아아, 느낌이 좋아. 굉장히……응, ……기분 좋아……."

"그, 그래요……?"

"앗, 거기…… 하아앙?! 좀, 좀 더! 좀 더 세게 해줘……!!"

"……."

마사지를 시작한 건 좋았지만 사유키에게서 흘러나오는 요염한 목소리가 신경 쓰여서 견딜 수가 없었다.

그저 어깨를 주무르고 있는 것뿐인데 잘못된 짓을 하고 있는 것 같은 기분이 들었다.

"……저기, 사유키 선배? 쓸데없이 소리가 야하니까 좀 조용히 해주시겠어요?"

"단순히 어깨를 주무르는 건데 대체 무슨 상상을 하는 거야? 케이키, 야해."

"납득이 안 간다니까!!"

"자, 빨리 계속 하지 않으면 점심시간이 끝나버릴 거야."

"알겠어요……하지만, 목소리는 최대한 참아주세요."

"어쩔 수 없지."

정신을 가다듬고 어깨 주무르기를 재개.

"……웃……흐웃……으응?! 으으응~?!"

"……."

확실히 아까보다 소리는 억누르고 있었다.

참고는 있지만, 왠지 그런 행위가 한창일 때 필사적으로 목소리를 죽이는 여자 같아서 괜히 더 음란한 기분이 들고 말았다.

(사유키 선배는 무수정으로 방송해도 되는 생명체가 아니야.)

존재자체가 19금이랄까, 용모도 목소리도 성격도 전부 다 에로스.

동정에게는 자극이 너무 강한 누님이었다.

전력을 다해 번뇌와 싸우면서 어깨를 계속 주무르고 있는데 느닷없이 사유키가 말을 걸었다.

"……저기, 케이키?"

"왜요?"

"나, 좀 더 좀 더 열심히 할 테니까. 부비 변제가 끝나면 또 다 같이 즐거운 추억을 많이 만들자."

"사유키 선배……."

즐거운 추억이라는 말에 떠오르는 일이 아주 많을 정도로 서예부에서 보낸 시간은 케이키에게 소중한 것이 되어 있었다.

그 마음을 그녀와 공유할 수 있다는 게 왠지 굉장히 기쁘게 느껴졌다.

"그래요. 그걸 위해선 좀 더 알바를 열심히 해야겠죠."

"으응, 열심히 몸으로 벌어볼게!"

"그 발언……."

"나의 가슴이라면 살짝 흔들리는 것만으로도 남성 손님들이 쉽게 넘어올 거야."

"그건 패밀리 레스토랑에서 제공해도 되는 서비스가 아니거든요."

이전처럼 부실에서 시간을 보낼 수 있게 되려면 일단 사유키가 음담패설을 남발하지 않도록 조교해야 할 것 같았다.

그날 방과 후, 외부에서의 일을 끝내고 학생회실로 돌아온 시호가 이런 말을 꺼냈다.

"다들 내일은 토요일이지만 학교에 나와줄 수 있을까?"

"뭘 하시려고요?"

"수영장 청소."

"수영장 청소?"

"올해는 늦더위도 있어서 9월 말까지 사용했지만 역시 이젠 들어갈 수 없으니까. 내년을 위해 물을 빼고 깨끗하게 청소할 거야."

"학생회에서는 그런 일까지 하는군요."

"아, 아니. 평소에는 수영부 사람들이 해주는데 갑자기 다른 학교와의 강화 시합이 정해져서 다 나가고 없거든. 상대가 제법 강호라서 수영부 레벨 업을 위해서라도 이 기회는 놓칠 수 없대."

"아아, 그래서 학생회에 차례가 돌아온 거군요."

원래의 청소 요원들이 급한 일로 부재.

마침 직원실에 들렀던 시호에게 수영부 고문이 신신당부한 듯했다.

"휴일 등교는 귀찮겠지만 이걸로 수영부가 우리에게 큰 빚을 졌으니, 다음에 힘든 일을 시키려고. 우후후."

"……타카사키 선배는 꽤 음험한 부분이 있구나."

"응. 넘어져도 그냥은 안 일어나는 타입."

"그게 시이짱 선배의 매력이죠."

"미타니의 의견은 듣지 않지만 이번에는 동의할게."

케이키와 아야노, 린과 아이리 4명이 소곤소곤 이야기를 나누는 가운데, 전혀 신경 쓰지 않는 모습으로 시호가 이야기를 정리했다.

"시간이 안 되는 아이는 없는 것 같으니까 전원 참가하는 걸로 OK지? 각자 내일은 수영복이나 짧은 바지를 갖고 오도록!"

""""네—에!""""

그런 이유로 토요일 일정은 수영장 청소로 결정되었습니다.

◇

토요일 아침, 평일과 같은 시간에 등교한 케이키는 수영장 특유의 염소 냄새가 나는 탈의실에서 교복을 벗고 반바지 차림으로 풀 사이드로 나왔다.

"오오, 이건 청소할 보람이 있을 것 같은데."

수영장 물은 이미 빠져 있었고, 더러워진 수조 바닥이 다 보였다.

걱정했던 날씨는 수영장 청소하기 딱 좋은 날씨.

10월도 중순에 돌입했지만 다행히 오늘은 아침부터 기운 차게 햇살이 비치고 있었고 덕분에 반바지라도 문제없는 기온이었다.

"케이키, 오래 기다렸지~?"

"오래 기다렸지?"

"오래 기다렸죠……?"

풀 사이드에 나타난 건 시호, 아야노, 아이리 세 사람이었다.

전원 학교 수영복 위에 반팔 티셔츠를 겹쳐 입은, 마니아의 마음을 간질이는 멋진 스타일로 훤히 드러난 눈부신 허벅지에 흥분이 가라앉지 않았다.

"세 사람 모두 엄청 예쁘네요."

"에헤헤, 고마워~."

"그런 말을 들으니까 쑥스럽네……."

"……시선이 음란하군요. 이러니까 남자들은."

기뻐하고, 부끄러워하고, 시선이 차가워지고.

반응이 삼인삼색이라 재미있었다.

그리고 거기에 —.

"늦어서 죄송합니다~!"

자매들 속에서 홀로 남겨진 막내처럼 린이 달려왔다.

다른 세 사람과는 달리, 그녀는 학교 수영복을 입지 않고 체육복 상의에 반바지라는, 이건 이거대로 멋진 모습으로 합류했다.

"미타니 주제에 중역 출근?"

"재미없어요. 방심해서 좀 늦잠을 자고 말았네요."

그래도 집합시간에 늦지 않았으니 충분히 훌륭했다.

"미타니는 수영복이 아니네."

"아하하, 역시 학교 수영복은 좀 부끄러워서."

짧은 머리를 매만지면서 쑥스러운 듯 웃는 후배가 귀여웠다.

이것만으로도 휴일에 등교한 보람이 있었다.

"그럼 멤버도 다 모였고 수영장 청소를 시작해볼까?!"

""""오오—!!""""

학생회장의 구령에 맞춰 수영장 청소가 시작되었다.

"우선 처음으로 역할분담을 하고 싶은데. 덱 브러시가 4개밖에 없으니까 한 명은 호스로 물을 뿌리는 담당이 되겠네."

"네! 제가 호스를 잡을게요!"

호스 담당이라는 말을 듣고 맨 먼저 손을 든 건 아이리였다.

"키류 선배에게 호스를 맡기면 음란한 목적으로 물을 끼얹을 것 같거든요."

"내가 그런 이미지였어?"

가장 먼저 호스 담당이 결정됐기 때문에 다른 4명에게는 자동적으로 브러시가 분배되었고, 린이 수영장 사이드를, 남은 시호, 아야노, 케이키 세 사람이 수조 속을 담당하게 되었다.

"으앗? 꽤 물이 튀네. 수영복 입길 잘한 것 같아."

"발바닥의 미끌미끌한 감촉, 좀 기분 좋은 것 같아……."

"후지모토는 대체 어떤 감성을 갖고 있는 거야?"

수조 담당인 삼인조가 덱 브러시를 손에 들고 밑으로 내려가 각자 발밑의 감촉이나 더러운 상태 등을 확인했다.

"그런데 물을 빼면 수영부는 어디서 연습하지?"

"우리 수영부는 늘 시영 실내 수영장에서 연습하고 있어."

"아, 실내라면 겨울에도 이용할 수 있고 수영부로서는 안성맞춤이겠네요."

그런 대화를 나눈 뒤에 세 사람은 생각한 대로 분산해서 각자 쓱쓱 수조의 더러운 부분을 문지르기 시작했다.

거기에 업무용 호스를 든 아이리가 물을 뿌리는 포메이션.

수영장 바닥으로 내려가 호스로 물을 뿌리는 후배는 기분이 좋은 듯 보였다—.

"아하, 호스 담당은 꽤 즐겁네요."

"아, 거기 미끄러우니까 조심해."

"네? ……윽, 꺄아아아악?!"

주의한 직후, 미끌미끌 존을 밟은 아이리가 멋지게 엉덩방아를 찧었다.

게다가 제어를 잃은 호스의 물을 성대하게 뒤집어쓰고 온몸이 흠뻑 젖고 말았다.

"아…… 차가워……."

"그러니까 말했는데."

"밟기 직전에 말해봤자 늦는다고요!"

부딪친 엉덩이가 아팠던지 눈물을 글썽이며 아이리가 외쳤다.

"미안해. 자……."

"아…… 고마워요……."

내민 손을 그녀는 솔직하게 잡아줬다.

그건 처음 만났을 무렵에는 생각할 수 없었던 일.

처음 만났을 때는 다가가는 것도 무리라는 느낌으로 거절당했는데 그 이후 조금씩 친해졌다가 바니걸 사건에서 또미움을 받고, 지금은 나름 양호한 관계로.

"발밑을 조심하지 않으면 엉덩이에 멍이 생길 거야."

"어린애가 아니니까 그 정도는 저도 알아요!"

메롱 하고 귀엽게 혀를 내밀고는 호스를 손에 든 아이리가 달려가 버렸다.

"나가세가 웬일로 떠들어 대고 있어……."

평소에는 츤데레의 퉁명스러운 부분만을 농축한 듯한 느낌이기 때문에 물을 뿌리는 일에 푹 빠진 지금 그녀의 모습은 굉장히 귀중했다.

"……."

청소하던 손을 멈추고 무심히 주변을 돌아보았다.

시호와 아이리는 사이좋게 벽면의 더러움을 없애고 있었고,

비교적 가까이에 있는 아야노는 묵묵히 바닥을 닦고 있었다.

풀 사이드의 린과 눈이 마주치자 그녀는 웃는 얼굴로 손을 흔들어주었다.

"……아아, 역시. 이런 건 즐겁구나."

이 감각은 경험한 적이 있었다.

다 같이 하나의 일에 몰두하고, 같은 시간을 공유하며 얻게 되는 고양감.

힘들지만 힘든 게 즐거운 것 같은 이상한 감각.

그건 마치 ―.

"……키류, 괜찮아?"

정신을 차려보니 눈앞에 아야노가 서 있었다.

움직임을 멈춘 케이키가 걱정돼서 온 것 같았다.

"잠깐 예전 일이 떠올라서. 이렇게 있으니까 부실 대청소를 했던 때 같아서."

"대청소?"

"사유키 선배가 부실을 어지럽혀서 고문 선생님께 혼이 났었거든. 나도 선배에게 불려가서 청소를 돕고, 유이카랑 난죠, 미즈하도 달려와 줘서…… 힘들었지만, 왠지, 엄청 즐거웠어."

5월의 어느 날, 모두 먹투성이가 된 채로 부실 청소를 했었다.

그 이후 발신인을 알 수 없는 러브레터를 발견하고, 옆에 놓여 있던 팬티에 놀라고, 다양한 의미로 잊을 수 없는 추억이었다.

"그건…… 지금도 그때랑 같은 기분이라는 뜻이야?"

"흐음. 아마, 그런 것 같아."

말하고 보니 무언가가 쿵 하고 가슴에 떨어졌다.

그때, 부실에서 느꼈던 기분과 같은 것을 지금 이 순간에도 느끼고 있었다.

"그럼 생각해봤으면 하는 게 있어."

"응?"

"키류만 괜찮다면 부비 변제가 끝난 이후에도 학생회에 남아줬으면 좋겠어. 임시 임원이 아니라 정식 학생회 임원으로서."

"뭐……?"

부비 변제가 끝나면 당연히 케이키는 서예부로 돌아가게 되어 있었다.

시호가 제시한 조건은 그런 이야기였고 케이키도 그럴 생각으로 요청을 받아들였다.

하지만 아야노는 케이키가 남아주길 원하고 있었다.

그건 케이키 자신이 원하면 학생회에 계속 남을 선택지도 있다는 뜻이었다.

"적어도 난 훨씬 전부터 키류가 학생회에 들어와 줬으면 좋겠다고 생각했어. 분명 다른 임원들도 마찬가지일 거야. 말은 안 하지만 아이리도."

"그건 기쁘긴 한데……."

누군가가 자신을 필요로 하는 건 영광스러운 일이었다.

하지만 이건 쉽게 결정해도 되는 일이 아니었다.

"잠깐, 거기! 왜 놀고 있는 거예요?"

대답을 하지 못하고 있는데 손을 멈춘 두 사람에게, 약간 떨어진 장소에서 아이리의 주의가 날아들었다.

"빨리 안 하면 날이 저물 거예요!"

"아, 으응……알았어!"

"응, 지금은 진지하게 청소해야지."

이야기는 다음에 다시 하는 걸로 하고, 두 사람은 청소를 재개했다.

그 이후 묵묵히 작업을 수행한 케이키였지만 그때의 아야노의 말이 계속 머리에서 떠나지 않았다.

그렇게 정오를 지났을 무렵, 드디어 수영장 청소가 끝났다.

"……좋아. 청소도구도 정리했고 나도 빨리 옷을 갈아입어야지."

가위바위보의 진검승부에서 최하위가 되어 덱 브러시와 호스를 정리하는 중대한 임무를 부여받은 케이키는 다른 사람들보다 좀 늦게 탈의실로 향했다.

수조에서 넘어진 아이리 만큼은 아니었지만 몇 시간의 수영장 청소로 옷은 적당히 젖어 있었다.

감기에 걸릴 미래를 사전에 회피하기 위해 탈의실 문을 열고 안으로 들어갔는데—.

"아, 케이쿤 선배다."

"……응?"

아무도 없어야 할 실내에 알몸의 린이 서 있었다.

다행히 그녀는 뒤를 돌아보고 있었기 때문에 중요한 부분까지는 보이지 않았지만 여성스럽고 가냘픈 어깨라던가 아름다운 호를 그리는 허리 라인이라던가, 작고 귀여운 엉덩이가 훤히 보여서—.

"대단히 실례했습니다아아아아아아아!!"

여러 가지를 견딜 수 없게 된 훔쳐보기의 달인은 전력을 다해 탈의실을 벗어났다.

그리고 곧장 또 하나의 탈의실로 도망쳤다.

"하아하아…… 이상하네…… 탈의실을 착각하다니."

수영장 청소로 지친 건가?

여자 탈의실에 난입하다니, 신사로서 있을 수 없는 실수였다.

(미타니에게는 나중에 무릎을 꿇고 사과하자.)

문을 열었을 때 갑자기 알몸의 여자가 보여 놀랐지만 이렇게 제대로 남자 탈의실로 도망쳤으니 이걸로 우선은 안심일 테지—.

"키류……?"

"……응?"

사고를 방해한 건 당황한 듯한 누군가의 목소리.

목소리의 주인공을 찾으려 고개를 들자 거기에는 속옷 차림의 아야노가 서 있었다—.

"어째서?!"

차마 외치지 않고서는 있을 수 없었다.

왜냐하면 정말 이유를 알 수 없었으니까.

저쪽 탈의실에 린이 있었으니 이쪽 탈의실에 그녀가 있을 리가 없는데.

"왜 여기 후지모토가?!"

"왜냐니…… 그거야 여긴 여자 탈의실이니까."

"뭐라고?!"

거기서 겨우 이해했다.

(탈의실을 착각한 건 내가 아니라 미타니 쪽이었어!)

그렇게 생각하자 모든 수수께끼가 해결되었다.

하지만 수수께끼가 풀렸다고 해도 이 상황은 바뀌지 않았고…….

"저기…… 그렇게 말똥말똥 쳐다보지 마. 역시 부끄러우니까……."

"으악?! 미, 미안!!"

당연한 지적을 받고 서둘러 등을 돌렸다.

그녀의 속옷 차림이 너무나 예뻐서 자신도 모르게 넋을 잃고 바라보고 말았다.

가냘픈 어깨도 본인이 자신감을 갖고 있는 모양 좋은 가슴도, 어루만지고 싶어지는 눈부신 다리도, 확실하게 눈에 새겨지고 말았다.

이런 상황인데도 조금은 행운이라고 생각해버린 걸 마음속으로 참회했다.

"키류, 빨리 안 나가면 아이리랑 시호 선배가—."

아야노가 말을 시작한 바로 그 타이밍에 안쪽에서 여자의 목소리가 들렸다.

"우와, 큰일이네……!!"

아무래도 샤워를 하고 있던 아이리와 시호가 돌아온 것

같았다.

여자 탈의실에 있는 시점에 이미 아웃인데 속옷 차림의 아야노와 함께 있는 모습을 들키기라도 한다면 완전히 궁지에 몰리게 될 것이다.

"어, 어어어어어떻게 해야 해?"

"키류, 이쪽!"

"뭐?! 후지모토?!"

절망적인 상황 하에서 문자 그대로 구원의 손을 뻗은 건 피해자인 아야노였다.

그녀는 케이키의 손을 잡고 근처 로커에 밀어 넣었다.

웬일인지 자신의 몸도.

두 사람이 숨은 직후, 몸에 목욕 수건을 두른 아이리와 시호가 등장했다.

"어라? 아야노 선배가 없네. 벌써 옷을 다 갈아입은 걸까요?"

"그런 것 같은데."

"그건 그렇고 오늘은 역시 좀 힘들었네요."

"그러게. 나도 내일은 근육통이 생길 것 같아."

부드러운 대화를 나누면서 두 사람이 옷을 갈아입기 시작한 가운데 로커 내부에서는 케이키와 아야노가 필사적으로 숨을 죽이고 있었다.

"(조용히…… 알았지?)"

"(아, 으응…….)"

"(두 사람이 옷을 갈아입는 모습을 보면 안 돼.)"

"(알고 있어.)"

역시 이 상황에서 여자들의 옷 갈아입는 모습을 엿볼 만큼 최악의 남자는 아니었다.

(그리고 솔직히, 후지모토 쪽이 여러 가지로 더 곤란한데……!)

비좁은 로커 속, 케이키와 아야노는 서로 마주본 형태로 밀착하고 있었다.

바로 얼마 전, 아이리와도 로커 플레이를 즐겼지만 그때와는 명백하게 상황이 달랐다.

지금의 아야노는 속옷 차림이었고 거의 알몸 같은 차림이나 마찬가지였다.

그런 상태에서 계속 밀착하면 두근거림을 넘어서 자랑하는 아드님이 반응해버릴 것이다.

(크윽?! 이것만은 쓰고 싶지 않았지만…… 어쩔 수 없지!)

여기서 커지면 인생이 끝나기 때문에 부모님의 얼굴을 떠올린다는 최종 수단을 사용해서 어떻게든 거칠어지는 아드님을 진정시켰다.

"(애초에, 왜 후지모토까지 들어온 거야?!)"

"(아, 그것까지는 생각 못 했어.)"

"(후지모토오오오오오!!)"

인간, 당황하고 있을 때는 정상적인 판단을 할 수 없는 존재.

케이키를 숨기는 데에 필사적이라 그 이후의 일까지 머리가 돌아가지 않았던 거겠지.

"(하지만, 그렇게 되면…….)"

"(응, 여기서 이대로 지나가게 내버려둘 수밖에 없어.)"

"(그렇겠지…….)"

그것을 마지막으로 로커 안에서의 대화가 끊어졌다.

이렇게 서로 침묵을 지키게 되면 다른 곳으로 의식이 이동해버린다고나 할까, 구체적으로는 그녀의 가슴 감촉이 너무 훌륭해서 한계가 가까이 왔다고나 할까…….

(이거, 완전히 반죽음인데?!)

시선을 아래로 향하면 회색 속옷에 감싸인 아름다고 풍만한 무언가가 보이고, 어깨나 쇄골 또한 참을 수 없었고, 로커에 여자 특유의 달콤한 냄새가 가득 차 정신이 아찔해졌다.

그리고 그건 아무래도 그녀도 마찬가지인 듯,

"……하아……하아…….'

정신을 차렸을 때 아야노의 모습이 눈에 보였고 이상해져 있었다.

한숨이 뜨거운 습기를 띠고, 눈은 촉촉해져 있고, 가련한 뺨이 녹아내릴 것처럼 빨갛게 물들어 있었다.

완전히 '스위치'가 켜진 상태였다.

"키류……."

"후, 후지모토……?"

"나, 지금…… 네 냄새에 가슴이 두근거려……."

마치 고백처럼 말하며 아야노는 꿀에 이끌린 나비처럼 케이키의 가슴에 얼굴을 묻었다.

"잠깐만, 후지모토?! 지금은 이런 짓을 할 때가 아니야!"

"어째서?"

"어째서라니……."

"키류는 여자의 냄새에 두근거리거나……하지 않아?"

"그건……."

하지 않는다고 말하면 거짓말이 되겠지.

여자가 내보내는 달콤한 냄새에 가슴이 뛰는 일은 분명 있었다.

지금도 충만해진 그녀의 냄새에 몹시 흥분을 느끼고 있었다.

"난 확실히 다른 사람보다 민감할지도 모르지만. 이성의 냄새를 맡고 싶어 하는 건 키류가 생각하는 것보다 이상한 일이 아닐지도 몰라."

"그, 그런……걸까?"

"응. 그러니까—."

자신의 가슴을 내밀고 유혹하듯이 그녀는 말했다.

"내 냄새도 확인해……볼래?"

이성을 녹이는 달콤한 유혹에 무의식중에 침을 삼켰다.

살짝 땀이 맺힌 아플 정도로 눈부신 여자의 피부.

이대로 가슴에 얼굴을 묻으면 아마 죽을 만큼 기분 좋겠지…….

그걸 알고 있기 때문에 안 된다는 걸 알면서도 거절할 수 없었다.

"키류……."

그 목소리를 신호로 빨려가듯이 그녀의 가슴에 몸을 맡기려는데—.

"뭐……하는 거예요?"

교복으로 갈아입은 아이리에게 들키고 말았다.

그거야 이만큼 떠들었으니 들키는 게 당연하지.


그 이후, 사정을 전부 설명하자 아이리는 어이없는 표정을 지었다.

그래도 최종적으로 케이키의 이야기를 믿어준 건 전적으로 친밀도가 높아졌다는 증거겠지.

어떻게든 무죄를 쟁취하고 다시 한번 남자 탈의실에서 교복으로 갈아입은 케이키가 복도에 나오자 똑같이 교복으로 갈아입은 린이 혼자 기다리고 있었다.

"미타니 뿐이야? 다른 사람들은?"

"사이좋게 화장실에 갔어요. 끝나고 무슨 가게에서 뒤풀

207

이를 한다던데요."

"그래?"

"그런 것보다 시이짱 선배에게 들었어요. 아야는 선배의 속옷 차림을 봐서 럭키였네요."

"그 대신 나가세에게 엄청 혼났지만."

"아— 나가세는 그런 점에서는 엄격하니까요."

어떤 이유가 있었든, 남자가 여자 탈의실에 침입했다는 건 변하지 않았다.

그 점에 대해서는 성심성의껏 진심을 담아 사죄를 했다.

"미타니에게도 사과해둬야지. 사고였다고는 해도 알몸을 보고 말았으니까."

"그건 정말 괜찮아요. 남자에게 보인다고 해도 부끄럽지 않으니까."

"그건 굉장히 문제가 있는 발언인데?"

그녀의 정조 관념이 걱정되었다.

이렇게 귀여우니까 아이리 단계까지는 가지 않더라도 최소한의 위기의식은 갖고 있는 게 좋다고 생각했다.

"그건 그렇고, 오늘은 정말 장난 아니게 힘들었어……."

"수영장 청소 이후에 나가세에게 문초를 받았으니까요. 고생하셨어요."

"정말, 미타니가 탈의실을 착각하는 바람에 지독한 일을 겪었어."

"—네? 전 착각 같은 건 하지 않았는데요?"

"……뭐?"

생각지도 못했던 대답에 얼빠진 소리가 흘러나왔다.

"아니, 아니, 아니, 완벽하게 착각했잖아. 왜냐하면, 미타니는 남자 탈의실에서 옷을 갈아입고 있었으니까."

"네, 그러니까 그게 맞는데요."

"???"

뭐지? 어쩐지 이야기가 맞물리지 않았다.

그 어긋남의 정체가 뭔지 알지 못한 채 고개를 갸웃거리는 케이키 앞에서 뭔가 떠올랐다는 듯 린이 손을 모았다.

"아아, 그렇구나. 선배는 아직 모르셨군요."

"몰랐다니? ……저기, 미타니?"

당황한 상급생에게 다가와 그녀는 가만히 케이키의 손을 잡았다.

그리고 그 손을 천천히 자신의 하복부로 이끌었다.

"잠깐?!"

치마 너머라고는 해도, 여자의 중요한 부분을 만지고 말았다.

그 충격에 머리가 합선될 뻔한 직후,

"……응? ……으으응?!"

케이키의 얼굴에 떠오른 건 경악스러운 표정으로.

"남자 탈의실이 맞아요. 왜냐하면 전— 몸도 마음도 남자니까요."

얄미울 정도로 귀여운 미소로 '그'는 최악의 진실을 말했다.

당장은 믿기 힘든 고백.

하지만 스커트 너머로 전해진 생생한 감촉은 틀림없이 남자의 증거.

자신이 남자의 무언가를 만졌다는 사실을 깨달은 순간, 절망으로 가득 찬 케이키의 비명이 휴일 학교에 울려 퍼졌다.

수영장 청소가 끝난 후, 교복으로 갈아입은 케이키와 학생회 임원들은 학교 근처 햄버거 집에서 뒤풀이를 가졌다.

자리 순서는 패밀리 레스토랑 때와 같았고, 테이블에는 각자의 세트 메뉴가 놓여 있었지만 케이키의 시선은 점심이 아니라 맞은편에 앉은 '변태'에게로 쏠렸다.

"……설마 미타니가 여장 취미가 있는 변태 녀석일 줄은 몰랐어."

"네—? 녀석은 둘째 치고 변태는 유감이네요. 저만큼 귀여우면 오히려 여자의 차림을 하지 않는 게 인류의 손실 아닌가요?"

"여장 취미에다가 나르시스트!"

미타니 린은 여장이 취미인 남자였다.

그녀가 아니라 그.

린 양이 아니라 린 군이었다.

남자라고 판명됐기 때문에 호칭도 정중하게 부르던 데에서 대충 부르기로 했다.

"이렇게 치마가 잘 어울리는 미소녀가 남자라니……솔직히 아직 믿을 수가 없어……."

"뭣하면 한 번 더 시험해보실래요?"

"아니, 됐어……."

211

미타니 린의 다리 사이에는 확실히 남자의 증거가 달려 있었다.

그 역겨운 감촉을 두 번이나 맛보라니, 무슨 벌칙인 걸까.

"그래서 혼자만 학교 수영복이 아니었던 거구나."

"역시 볼록하게 솟아올라 있으니까요. 어딘지는 말할 수 없지만."

"그거, 이미 전부 말한 거나 마찬가지잖아. ……나가세가 미타니에게 차가웠던 건 미타니가 남자라 그런 거였구나."

감자튀김을 먹고 있던 아이리에게 시선을 보내자 그녀는 시치미 떼는 얼굴로 말했다.

"맞아요. 공교롭게도 남자에게 전해줄 상냥함이 저에게 없거든요."

"알고 있었으면 왜 가르쳐주지 않은 거야?"

"미타니를 여자라고 생각하는 키류 선배가 재미있었으니까요. 언제 눈치를 챌지, 그걸 정말 가슴 설레며 지켜보고 있었어요."

"악취미!"

"후후, 귀여운 후배가 실은 남자라서 아쉽겠네요."

구경거리가 된 것 같아서 분했지만 웃는 얼굴이 귀여워서 화도 낼 수 없었다.

"타카사키 선배랑 후지모토도 왜 가르쳐주지 않은 거예요?"

"그건 저기, 입 다물고 있는 게 더 재미있을 것 같아서."

"나도 동감이야."

"이 녀석이나 저 녀석이나!"

재미있는 걸 아주 좋아하는 유쾌한 동료들이었다.

"그것보다 후지모토, 전에 '서기 담당도 여자애'라고 하지 않았어?"

1학기 기말고사가 끝났을 때 그런 말을 했던 것 같은데.

"그때 서기는 미타니가 아니라 3학년 여학생이었으니까. 여름방학 전에 수험에 전념한다면서 관둬서 새로 미타니를 스카우트한 거야."

"그런 거였어……?"

생각해보면 린도 아이리도 1학년생.

임원이 된 지 그 정도로 오래 되진 않은 것이다.

"린을 학생회로 부른 건 난데. 임원이 되는 조건으로, 업무 중에 여자 교복을 입어도 된다면 하겠다고 해서 깜짝 놀랐다니까."

"그런 거래가……."

아무래도 린은 합법적으로 여자 교복을 입고 싶어서 학생회에 들어온 것 같았다.

"어라? 그럼 미타니는 온종일 그 차림으로 있는 건 아니야?"

"그렇죠. 수업은 평범하게 남자 교복을 입고 받고 있어요. 방과 후에만 여자 교복으로 갈아입는 느낌이죠. 귀여운 차림을 하면 일의 효율이 올라가거든요."

"애초에 여자 교복은 어떻게 입수한 거야?"

"사촌 누나가 우리 학교 졸업생이라 그걸 물려 입었죠."

그 사촌 누나는 남자에게 교복을 건네주면서 의문을 품지 않았을까?

"다른 사람들은 미타니가 치마를 입는다는 사실에 저항감이 없어?"

"이미 익숙해졌고 반대로 바지를 입고 있는 게 더 위화감이 드니까."

"오히려 가끔 남자라는 걸 잊게 돼."

"뭐, 남자 차림으로 있는 것보다는 견딜 수 있으니까요."

시호와 아야노, 아이리의 입에서 나온 건 그럭저럭 긍정적인 의견.

여성들 입장에선 린이 여장을 한다는 사실에 대해 특별히 문제는 없는 것 같았다.

하지만 남자인 케이키로서는 어떻게든 확인하지 않으면 안 되는 일이 있었다.

"미타니…… 내 질문에 솔직하게 대답해줘."

"뭔데요?"

"미타니는— 실은 남자를 좋아한다거나 그런 건 아니지?"

"그렇죠. 전 남자의 앞가슴보다 단연 여자의 가슴에 흥미가 있거든요."

"세이프ㅇㅇㅇㅇ!!"

여장이 취미인 린이었지만 연애 대상은 평범한 여자인 듯했다.

겉모습이 미소녀일 뿐, 마음은 제대로 된 남자였다.

어딘가의 부녀자가 기뻐할 전개가 벌어지지 않아서 정말 다행이었다.

"뭔가 여러 가지로 헷갈리니까 미타니가 여장할 때는 '린코'라고 부를게. 남자일 때는 '린타로'라고 부르고."

"아, 뭔가 사이좋은 느낌이라 좋네요."

"남자에게 호감을 받아봤자 기쁘지 않거든…… 잠깐, 난 지금까지 남자를 상대로 두근거린 거야……?"

남자의 배꼽에 설레고 무릎을 양팔로 감싸고 앉았을 때는 팬티가 보이지 않을지 기대하고, 탈의실에서 알몸을 보고 얼굴을 새빨갛게 물들이고…….

"우와아……."

몰랐다고는 해도 남자의 몸에 흥분했다고 생각하니 죽고 싶었다.

케이키가 산송장으로 바뀌고 있을 때 시호가 무언가가 떠올랐다는 듯 입을 열었다.

"아, 그렇지, 월요일부터 학생회 업무는 당분간 쉬게 될 거야."

"네? 그런가요?"

"응. 수요일부터 중간고사가 시작되니까."

"중간고사……라고요?"

"그 반응, 혹시 잊고 있었어?"

"뭐, 뭐예요. 그그그, 그럴 리가 없잖아요."

"목소리가 떨리는데?"

최근 학생회 일로 바빠서 시험에 대해서는 완전히 잊고 있었다.

당연히 시험공부도 안 했고 단적으로 말해서 굉장히 곤란한 상황이었다.

"시험이 걱정되면 아야노에게 공부를 봐달라고 하면 되지 않을까?"

"후지모토한테요?"

옆에 앉은 아야노를 보자 그녀는 싱긋 웃으며 가슴에 손을 얹었다.

"나라도 괜찮으면 가르쳐줄게."

"잘 부탁드립니다!"

후지모토 부회장은 성적 상위의 우등생이다.

이 공부라는 분야에서 이만큼 의지가 되는 존재는 없었다.

◇

한 주가 시작되는 월요일, 방과 후 도서실에 케이키와 아야노의 모습이 보였다.

"그럼 지금부터 스터디를 시작하겠습니다."

"신세 좀 지겠습니다."

"공부 중에는 날 아야노 선생님이라고 부르도록."

"알겠습니다, 아야노 선생님!"

우수한 선생님 옆에 앉은 케이키는 바로 수학 문제집을 펼쳐 아야노 선생님의 지도를 받으며 시험공부를 진행해갔다.

서로 어깨를 맞댈 만큼 굉장히 가까운 거리감에 아야노가 미소 지었다.

"……이렇게 있으니까 왠지 연인사이 같아."

"응? 뭐라고 했어?"

"아니, 아무것도 아니야."

어딘지 모르게 기뻐 보이는 동급생의 모습에 케이키는 '후지모토는 공부 가르쳐주는 걸 좋아하나보네.'하고 여전히 둔감한 감상을 품었다.

그리고—.

그런 식으로 사이좋게 공부하는 두 사람을 책장 그늘에서 엿보는 복수의 인영이 있었다.

"……왠지 요즘 케이키 선배랑 후지모토 선배 사이가 너무 좋은 것 같지 않아요?"

"그거, 나도 신경 쓰였어."

"아무리 학생회 동료라고 해도 확실히 같이 있는 시간이 너무 길잖아."

"수상한데."

발언의 순서대로 유이카, 미즈하, 마오, 사유키 4인조. 친숙한 서예부 부원들이었다.

"오빠가 요즘 학생회 일로 바빴으니까. 그것 때문에 성적이 떨어지면 안 된다고 후지모토가 공부를 봐주기로 한 것 같아."

"하지만 그런 이유로 보통 저렇게까지 해?"

"수상해."

"마녀 선배는 아까부터 그 말밖에 안 하고 있잖아요."

그렇다고는 해도 케이키와 아야노 두 사람이 '뭔가 수상하다'는 것도 사실.

"유이카가 보기에, 후지모토 선배에게 흑심이 있다고 보는 게 틀림없는 것 같아요."

"역시 그런가?"

"미즈하 선배는 좋아하지도 않는 남자의 공부를 봐주세요?"

"음……그건 아니겠지?"

"그런 거라고요."

즉, 유이카는 '후지모토 아야노가 키류 케이키를 사랑스럽게 생각하고 있다.'고 말하고 싶은 것 같았다.

"뭐, 만약 그렇다고 해도 이 정도라면 내버려 둬도 괜찮지 않을까? 내가 알바비를 모아서 부비를 갚으면 케이키는 서예부로 돌아올 거고."

"과연 정말 그럴까요?"

"응? 무슨 뜻이야?"

"이대로 후지모토 선배와 친해지면 케이키 선배는 변제가 끝난 후에도 학생회에 남을 가능성이 있다는 말이에요."

"뭐……?"

유이카의 가설에 사유키가 숨을 삼켰다.

"하, 하지만, 케이키는 원래 서예부 부원이야."

"동아리는 어디까지나 자유 참가잖아요. 서예부에 케이키 선배를 구속할 힘은 없어요."

"그건……."

분명 그 말대로였다.

그 자신이 학생회를 선택한다면 그걸 막을 권리는 서예부에도 사유키에게도 없었다.

"그렇기 때문에 우리가 케이키 선배를 말려야 해요!"

"바니걸 때의 설욕전이네."

"나도 찬성. 나중에 등장한 학생회에 키류를 빼앗기는 건 아니꼬우니까."

도서실 한 모퉁이에서 서예부 세 사람이 흥분한 가운데,

"……난 관둘래."

사유키만은 참가를 사퇴하고 그 자리에서 벗어나고 말았다.

갑작스러운 일에 남겨진 사람들은 멍하니 서 있었다.

"마녀 선배, 왜 저러는 거예요?"

"평소라면 솔선해서 참가할 텐데."

"알바가 바쁜 거 아니야?"

세 사람이 고개를 갸웃거려도 부장이 이탈한 이유는 알 수 없었다.

"뭐, 됐어요. 마녀 선배가 없어도 우리끼리 케이키 선배를 되찾아와요!"

""오오─!""

인원수가 줄어들었다고 해도 해야 할 일은 변하지 않았다.

여자의 프라이드를 걸고 그 둔감 주인공을 학생회로부터 탈환하는 것이었다.

◇

다음 날 방과 후. 학생들이 다 나가버린 2학년 B반 교실에서 마오는 책상을 향한 채 정신없이 샤프를 움직이고 있었다.

그녀가 그리고 있는 건 동인지 신작 콘티였다.

"으─음…… 뭔가 요즘 매너리즘에 빠진 것 같아……."

전개가 비슷한 것 같은 느낌이 든다고나 할까, 기존의 캐릭터만으로 이야기를 이어나가는 건 슬슬 한계라고나 할까, 역시 여기서 뭔가 새로운 캐릭터가 필요했다.

"그건 그렇고, 이건 잘 그린 것 같아…… 우후후……우후후후후……."

"역시 기분이 나쁘니까 그런 웃음은 관두는 게 좋겠어."

"누구?! ……아, 뭐야, 키류였어?"

"열중하는 건 좋지만 우리 반 녀석들에게 들키지 않도록 해."

"알고 있어."

집중하면 주변이 보이지 않게 되니까 조심하지 않으면 안 된다.

학교에서 BL만화를 그리는 걸 들키면 어떻게 되는지.

"그래서, 오늘은 무슨 일로 부른 거야?"

"아아, 그거 말이지……."

문자로 케이키를 불러낸 건 물론 그 '케이키 탈환 작전'을 수행하기 위해서였다.

그를 학생회에 빼앗기는 건 저지하지 않으면 안 된다.

BL만화의 소재를 위해—라는 건 물론 명분일 뿐, 그렇지 않아도 라이벌이 많은 이 둔감 녀석에게 이 이상 새로운 여자가 접근하는 건 원치 않았다.

"키류에게 인사를 해야 할 것 같아서."

"인사?"

"왜, 얼마 전 소녀 만화 제작에 협력을 해줬잖아? 그러니까 그 보답으로 내가 할 수 있는 일이라면 뭐든 시키는 대로 하려고."

"그럼 그 콘티를 지금 당장 파기해줄 수 있겠어?"

"그건 거절할게. ……그런 것보다 너도 남자니까 음란한 소원 하나둘쯤 있잖아!"

"너, 대체 무슨 말을 하는 거야……?"

"그, 그러니까…… 키류가 원한다면 가, 가슴 정도라면 만지게 해줄 수 있다고 말하는 거야!"

케이키가 여자의 가슴에 상당한 흥미를 갖고 있는 건 알고 있었다.

(나도 부장이나 미즈하 정도는 아니지만 꽤 있으니까.)

자랑은 아니지만 스스로도 큰 편이라고 생각하고 있고.

평범한 남자라면 이 유혹에는 이기지 못할 것이다.

정말 가슴을 만진다면 그걸 구실로 서예부에 돌아오는 걸 약속받으면 된다.

하지만 사태는 마오가 예상하지 않았던 방향으로 흘러가게 된다.

"난쵸……."

"으, 응?!"

갑자기 긴장한 표정을 지은 케이키가 천천히 다가온 것이다.

"……응? 응?"

아무 말 없이 다가오는 동급생에 의해 마오는 자신도 모르게 뒷걸음질 쳤고 벽까지 몰렸다.

그리고 쑥 내민 그의 손에 의해 퇴로까지 막혀버렸다.

여자를 문답무용으로 두근거리게 하는 '벽치기'가 발동된 순간이었다.

"키, 키류……? 너, 너무 가까운데……."

좋아하는 남자가 지근거리에서 바라보자 머리가 끓어오를 것 같았다.

(응……? 이건, 정말 가슴을 주무르는 흐름인 거야?!)

그런 의도가 있었다고는 해도 현실이 되자 그저 초조해졌다.

마음속 어딘가에서 '어차피 이 녀석에게 그런 배짱은 없다'고 얕보고 있었던 것이다.

솔직히 그가 이렇게 적극적일 줄은 몰랐으니까.

갑자기 남성스러운 모습을 보여줘서 무서웠다가, 여자로서 봐주는 것 같아서 기뻤다가, 다양한 감정이 뒤섞여서 뭐가 뭔지 알 수가 없었다.

"난죠……."

"으응?!"

"여자가 거리낌 없이 남자에게 그런 말 하는 거 아니야. 상대가 오해하면 큰일 날지도 모르고. 난죠는 귀여우니까 좀 더 자신을 소중히 해야지."

"……."

케이키가 전에 없이 진지한 얼굴로 말하는 바람에 마오는 말을 잃고 말았다.

완전히 불의의 습격.

가슴이 두근거려서 멍하니 그를 바라볼 수밖에 없었다.

"……응."

정신을 차렸을 때, 마오는 끄덕하고 솔직하게 수긍했다.

스스로도 자신의 단순함에 질리고 말았지만.

케이키를 유혹해야 하는데 마오가 그에게 다시 반하고 만 것이다.


"……왜 마오 선배가 넘어가 버린 거예요?"

"너, 넘어간 거 아니거든!"

"어쩔 수 없지. 오빠는 가끔 굉장히 멋있으니까."

"그러니까 아니라고!!"

작전 실패로부터 몇 분 후.

주변에 인기척이 없는 빈 교실에서 탈환 작전 멤버 세 사람에 의한 반성회가 열렸다.

"케이키 선배는 유이카나 마녀 선배에게 계속 괴롭힘을 당했으니까. 이제 와서 그 정도의 미인계로는 어떻게 할 수 없을 거예요."

"그걸, 가능하면 도전하기 전에 말해줬으면 했는데……."

2학년 B반에서의 자초지종은 유이카와 미즈하가 엿보고 있었기 때문에 그걸 근거로 반성할 점을 후배가 진술한다고 해도 완전히 사후약방문이었다.

"애초에 가슴을 만져도 된다니, 나 완전히 변태 같잖아?! 으아아아아아악!!"

"그래, 그래, 부끄러웠어."

자신의 행실을 떠올리며 몸부림치는 마오의 머리를 미즈하가 부드럽게 쓰다듬었다.

이건 당분간 회복할 수 없는 패턴.

참고로 케이키는 지금도 아야노와 사이좋게 시험공부에 매진하고 있는 듯했다.

이대로면 정말 사귀기 시작할 것 같은 기세였다.

"어쩔 수 없네요. 이번에는 유이카가 도전해볼게요."

다음 자객에 입후보하며 유이카가 의자에서 일어났다.

"잘 보세요. 다른 여자에게 꼬리를 친 잡종견에게 벌을 주고, 울면서 '서예부로 돌아가게 해주세요'라고 말하게 해줄 테니까!"

◇

유이카의 계획은 완벽했다.

우선 도서실 서고로 타깃인 케이키를 불러냈다.

이유에 대해서는 간단했다. 갑자기 서고 정리를 부탁받았으니 도와줬으면 좋겠다고 말하면 그만.

그것만으로도 사람 좋은 그는 달려오겠지.

나머지는 이전에 빈 교실에서 그렇게 한 것처럼 그의 몸을 의자에 붙들어 매기만 하면 된다.

그렇게 자유를 빼앗으면 다음으로는 비밀병기의 등장.

인간의 시야를 빼앗는 무시무시한 아이템—그 이름은 '안대'였다.

사람은 오감으로 얻은 정보 중에 8할 이상을 시각에서 얻는다고 한다.

예를 들면 눈을 감은 채 외출을 하는 건 고난이고 눈을 가린 상태에선 집 안에서조차 만족스럽게 걸을 수 없게 된다.

요컨대 인간은 그 정도로 생활의 대부분을 눈에 의지하고 있다는 뜻.

그렇기 때문에 다른 사람에게 시야를 빼앗기는 건 공포의 대상이 된다.

이번에는 그 심리를 이용해서 케이키를 순종하게 만들려는 것이다.

"몸을 묶고 안대로 시야까지 빼앗으면 그 대단한 케이키 선배라고 해도 울면서 반성하겠죠……후후후, 내가 생각해도 완벽한 계획이에요."

이렇게 만전의 태세를 갖춘 유이카는 서고에서 타깃을 기다리면서 승리를 확신하고 있었다.

그런데 ─.

"왜 유이카가 묶인 거죠?!"

몇 분 후, 준비한 의지에 묶여 있는 건 유이카 쪽이었다.

서고로 불러들인 후, 틈을 봐서 케이키를 덮쳐 묶을 예정이었는데 직전에 그가 피해 반대로 구속되고 만 것이다.

"시험 전날 서고 정리를 부탁받다니, 명백하게 이상했고, 안 좋은 예감이 들어서 경계하고 있었거든. ……그래서 이건 뭐지?"

"앗?! 그건 유이카의 안대?!"

"이런 것까지 준비해서 날 어떻게 할 생각이었던 거야?"

"……이제, 묵비권을 행사할게요."

이건 케이키를 학생회로부터 되찾기 위한 작전이다.

타깃 본인에게 내부정보를 발설할 수는 없었다.

"말을 안 할 거라면 그래도 상관은 없지만, 좋은 기회니까 유이카는 잠시 반성 좀 하고 있어야겠어."

"반성이라니……헉?! 호, 혹시 유이카가 움직이지 못하는 걸 핑계로 음란한 짓을 할 생각이에요?!"

"그것도 괜찮을지 모르겠네."

"히익?!"

유이카의 뇌리에 합숙에서 케이키가 가슴을 좋을 대로 만졌던 기억이 되살아났다.

침대에 쓰러져 이성을 잃은 노예 후보에게 어찌할 도리도 없이 가슴을 공격받았던 수치와 굴욕은 잊을 수 없었다.

"그, 그런 짓이 용납될 거라고 생각하세요?!"

"사람을 묶고 눈까지 가리려고 했던 유이카에게 그런 말 듣고 싶지 않아."

"앗?! 잠깐, 뭐 하시는 거예요?! 그, 그만……!!"

집행된 건 음란한 체벌―이 아니라.

등 뒤로 돌아간 케이키가 유이카의 얼굴에 안대를 장착했다.

"저기……케이키 선배? 깜깜한데요?"

"그거야, 눈을 가렸으니까. 혹시 무서워?"

"흐, 흥! 이 정도는 전혀 무섭지도 아무렇지도 않거든요."

"그건 다행이네. ―그럼 난 잠깐 시험공부 좀 하고 올 테니까 당분간 여기서 반성하고 있어."

"네? 서, 설마……."

시야를 빼앗긴 유이카의 귀에 멀어져가는 그의 발소리가 들렸다.

그리고 문을 닫는 소리가 서고 안에 울려 퍼졌다.

"거, 거짓말?! 케이키 선배?!"

내버려 두고 가버린 건가?

손발을 끈으로 묶이고 눈을 가린 상태에서 이런 인적 없는 장소에?

"……사, 사실은 여기 있죠? 대답 좀 해보세요!"

필사적으로 불러보았지만 당연한 것처럼 대답은 없었다.

어디까지나 차가운 정적이 흐를 뿐이었다.

아무래도 정말 두고 가버린 것 같다.

"……흐, 흥이야. 눈을 가리는 것 정도는 딱히 아무렇지도 않거든. 유이카는 어린애가 아니니까."

불안을 떨치기 위해 혼잣말을 내뱉어보았다.

그래. 딱히 아무렇지도 않아.

움직일 수도 없고, 아무것도 보이지 않지만, 여기서 조금만 기다리면 해방시켜주겠지.

(……하지만 만약, 이대로 케이키 선배가 돌아오지 않는다면?)

묶인 채로는 화장실에도 가지 못한다.

수분보충도 못 하고, 음식도 먹지 못한다.

무엇보다, 서고에 사람이 들어오는 일은 거의 없으니까 그가 방치한다면 언제 다른 사람이 도와주러 올지 알 수 없었다.

(……무서워……무서워요…….)

움직이지 못한다는 공포와 아무것도 보이지 않는다는 공포.

이대로 계속 방치될지도 모른다는 공포.

많은 공포와 싸우면서 얼마나 기다렸을까?

10분? 1시간? 아니면 그보다 좀 더?

그걸 알기 위한 방법이 없으니 얼마나 시간이 지났는지를 알 수 없었다.

(……혹시, 정말 이대로 두고 가버리는 건……?)

그렇게 생각했더니 감정이 흘러넘쳐서 참을 수가 없었다.

"……윽……흐아앙……케이키 선배……."

"여기 있어~."

"……네?"

따뜻한 목소리가 들리더니 갑자기 시야가 확 열렸다.

거기에는 안대를 손에 든 상급생이 서 있었고―.

"케이키……선배?"

"반성한 것 같으니까 벌은 여기서 끝내는 걸로."

"호, 혹시 처음부터 계속 여기……?"

"그래, 단어장으로 영단어를 외우면서 유이카를 보고 있었어."

"저……정마아아아아아알!!"

안도한 나머지 눈에 눈물이 맺혔고, 분노와 부끄러움이 뒤섞여서 어휘가 어린애 수준이 되어버린 유이카였다.


"……왜 유이카가 울어버린 거야?"

"운 거 아니거든요!"

"어쩔 수 없지. 오빠는 화나면 꽤 무서우니까."

"그러니까 안 울었다고요!"

유이카의 작전이 실패하고 몇 분 후.

아까의 그 빈 교실에서 같은 멤버에 의한 반성회가 열리고 있었다.

"설마, 케이키 선배가 반격을 해올 줄은 몰랐어요……."

"어쩌면 오빠는 우리를 대하는 게 능숙해진 걸지도 몰라."

"키류 녀석, 이러니저러니 해도 꽤 힘든 일을 겪었으니까."

"그건 마오 선배도 남의 말 할 입장이 아니잖아요."

복수의 변태 소녀들에게 단련된 결과, 그가 늠름하게 성장한 듯했다.

"하지만 이렇게 되면 케이키 선배를 회유하는 건 어렵겠네요."

"나의 미인계에도 유이카의 덫에도 걸려들지 않았으니까."

"그렇게 되면—."

유이카의 시선이 의자에 걸터앉은 미즈하에게로 향했다.

"마녀 선배는 쓸모가 없을 것 같고, 의지할 수 있는 건 이제 미즈하 선배밖에 없어요!"

"알았어. 나에게 맡겨."

"……정말 괜찮을까? 의외로 미즈하가 가장 브레이크가 망가진 것 같은데……."

밤에 오빠의 침대로 숨어들고, 오빠에게 팬티를 입히게 하고, 얌전하게 보이지만 의외로 하고 싶은 대로 실컷 다 하는 미즈하였다.

그녀가 어떤 수단으로 케이키에게 대항할지 불안감을 떨칠 수 없는 마오였다.

◇

그날 밤, 미즈하는 바로 작전을 실행에 옮겼다.

결행 장소는 자택 거실. 내일부터 시작되는 시험에 대비해 공부하고 있던 케이키에게 그녀는 컵에 따른 음료수를 내밀었다.

"공부의 동반자로 달콤한 카페오레는 어떠신가요?"

"오, 좋은데. 그럼 마셔볼까?"

컵을 받아든 그는 찰랑찰랑 따라진 액체를 단숨에 들이켰다.

"우와, 이 카페오레 엄청 맛있다."

"그래? 더 있는데."

"그래? 그럼 한 잔 더 마셔볼까?"

"알겠습니다."

그렇게 준비된 두 번째 카페오레도 오빠는 맛있게 마셨다.

그 모습을 옆에 앉아 지켜보면서 미즈하는 살며시 미소 지었다.

(후후, 귀여운 오빠. 자기가 마신 카페오레가 실은 정력제

가 든 특제 드링크라는 것도 모르고.)

　기력과 체력을 충만하게 해 성욕을 고양시키는 다양한 성분이 든 정력제.

　그렇게 무시무시한 걸 인터넷에서 얻은 레시피를 참고로 미즈하가 손수 생성.

　맛을 감추기 위해 카페오레에 섞어 타킷에게 제공했다.

　이걸로 흥분해서 참지 못하게 된 오빠가 여동생을 덮치게 할 작정이었다.

　특제 드링크로 오빠의 이성을 빼앗고 그대로 할 수 있는 것까지 해버린다는 정말 심플한 육식계 작전이었다.

　(나에게 맥을 못 추게 되면 오빠도 서예부로 돌아오게 되겠지?)

　목적을 위해서라면 비교적 수단을 가리지 않는 여자, 그게 키류 미즈하라는 소녀였다.

　그래도 평소의 그녀라면 이렇게까지 아슬아슬한 짓은 하지 않았겠지.

　미즈하가 강경책을 꺼낸 배경에 있는 건 역시 아야노와의 급격한 진전이었다.

　급속히 거리를 좁혀가는 두 사람을 보고 조바심이 났고, 그 무의식적인 조바심이 미즈하에게서 정상적인 판단력을 빼앗고 폭주하게 만든 것이다.

　"……응? 어라? 왠지 몸이 뜨거운데……?"

두 번째 카페오레를 다 마시고 약간의 시간이 흘렀을 무렵.

슬슬 효과가 나타나는 건지, 샤프를 든 케이키의 뺨이 홍조를 띠었다.

"뭐지…… 왠지 엄청 미즈하가 귀엽게 보여……."

"저, 정말?!"

상상 이상의 효과에 마음속으로 주먹을 불끈 쥐어 보이는 미즈하.

이성이 매력적으로 보인다는 건 그만큼 성욕이 높아졌다는 증거다.

"미즈하……."

"응? ……꺄악?!"

갑자기 끌어 안겨서는 그대로 소파로 밀려 넘어지고 말았다.

절대로 놓지 않겠다는 듯 강하게 안겨, 미즈하의 얼굴이 빨갛게 물들었다.

"오, 오빠……나……."

지금부터 시작되려는 전개에 가슴이 고동쳤다.

아플 정도의 두근거림에는 약간의 불안과 많은 기대가 담겨 있었고—.

"……졸려."

"……뭐?"

그렇기 때문에 그 결말은 전혀 예상 밖이었다.

눈을 끔벅거리는 미즈하 앞에서 케이키가 툭 의식을 잃고
만 것이다.

"어, 어라……? 오빠?"

느릿느릿 오빠 밑에서 빠져나와 그의 어깨를 흔들어봐도
반응이 없었다.

"잠들었어……."

타깃, 설마 했던 잠에 빠지고 말았다.

드링크의 효과가 너무 강했던 걸까?

어쨌든 이래서는 작전을 수행할 수 없었다.

"뭐야, 정말 오빠는……."

얼마나 동생을 질투 나게 만들어야 속이 풀리는 걸까.

많은 여자와 친해지고 요즘은 학생회 사람들과도 교류가
있고, 그가 다른 누군가와 맺어지는 미래를 상상하면 가슴
이 꽉 죄어들어 괴로워졌다.

"하지만…… 오빠가 잠든 얼굴은 나만이 독점할 수 있어."

기분 좋은 듯 잠든 그의 볼을 어루만졌다.

여동생인 채로 있는 건 싫지만 여동생이니까 얻을 수 있
는 특권이었다.

좋아하는 사람의 잠든 얼굴을 바라보고 있으니 이상하게
도 초조한 마음이 점차 사라졌다.

"그런데 오빠는 언제쯤 일어나려나?"

물론 알 리가 없었기 때문에 일단 감기에 걸리지 않도록

응접실에서 가지고 온 모포를 오빠 위에 덮어주었다.

"나도 이제 잘까……아, 그 전에 샤워를 해야지."

이미 목욕은 끝냈지만 케이키에게 끌어안겼을 때 땀을 약간 흘리고 말았다.

결벽증인 미즈하에게 땀을 흘린 채로 잠드는 건 있을 수 없는 일이었다.

그렇게 샤워를 하기 위해 찾은 탈의실.

큰 세면대가 설치되어 있고, 고성능 세탁기도 배치되어 있어 키류 가의 위생관리에 있어선 중요한 거점이 되는 그 장소에서 미즈하는 '그걸' 발견하고 말았다.

"정말, 오빠도 참…… 제대로 바구니에 넣어두지 않으면 안 되잖아."

세탁 바구니 옆에 떨어져 있던 건 목욕 전에 오빠가 벗어 둔 사각 팬티.

파란색을 기조로 한 스트라이프 천이 멋진 남자의 팬티였다.

솔직히 오빠의 팬티는 평소에도 늘 봐와서 익숙했다.

보통은 세탁을 하고 말린 다음 개서 옷장에 넣어두곤 했다.

하지만 오늘은 약간 사정이 달랐다.

"이거…… 오빠가 입었던 거지……."

주워 올린 팬티에서 눈을 떼지 못하고, 갖고 싶다는 듯 바라보게 된 미즈하.

자백하자면 그녀는 욕구불만이었다.

지나치게 노골적으로 말하자면 불끈거리고 있었다.

좋아하는 사람에게 끌어안기고, 그 이후의 행위를 기대한 상태에서 상대가 잠에 빠지고 말았다.

여러 가지가 쌓이고 마는 게 당연한 일.

그런 시점에 그의 팬티가 떨어져 있으면 의식하지 않을 수 없게 된다.

"조금이라면…… 괜찮겠지?"

이제 하지 않겠다고 약속했지만 금지되면 도리어 하고 싶어지는 게 인간이었다.

게다가 그의 셔츠 냄새를 맡았던 것도 따지고 보면 여동생을 외롭게 만든 오빠의 잘못이고.

그런 핑계를 늘어놓은 후, 미즈하는 결심하고 팬티에 코를 갖다 댔다.

"응……."

매일 목욕을 하고 있기 때문이겠지. 생각했던 것만큼 냄새는 나지 않았다.

어렴풋이 땀 냄새가 나는 정도랄까.

하지만 이 팬티를 오빠가 입고 있었다고 생각하는 것만으로 스스로도 믿을 수 없을 정도로 흥분했다.

"뭐야, 이거…… 왠지…… 굉장히 이상한 기분이 들어……."

갑자기 머리가 뜨거워지고 몸이 둥둥 뜨는 듯한 기묘한 느낌.

고양이에게 있어서 개다래 나무가, 어쩌면 이런 느낌일지도 모르겠다.

그런 생각을 하면서 오빠의 팬티를 실컷 만끽하고 있는데,

"윽…… 왠지 머리가 아파……."

잠에서 각성한 케이키 씨가 문을 열고 들어왔다.

잠에서 깬 얼굴이라도 씻으러 온 거겠지만, 타이밍이 안 맞아도 유분수지.

"……응?"

깜짝 놀라 굳어버린 여동생과 여동생이 코를 대고 있는 사각팬티가 그의 눈에 들어왔다.

오빠의 팬티를 킁킁거리는 모습을 오빠 본인에게 또렷이 목격당했다는 비상사태에 눈앞이 새하얘졌다.

"아…… 아니, 저기, 뭐냐…… 적당히 하도록 해."

어색한 상태로 불가사의한 염려를 건네며 그는 문을 탁 닫았다.

"오빠아아아아아아아아아?!"

그날, 울상이 된 여동생이 몇 번이나 불렀지만 오빠는 자기 방에서 나오지 않았습니다.


"나, 그냥 사라지고 싶어……."

"미즈하 선배, 괜찮으세요?"

"무슨 일 있었어?"

"묻지 말아줘……."

비극의 밤이 지나가고 중간고사 첫날 오후, 빈 교실에서 유이카와 마오의 질문을 받으며 미즈하는 새빨개진 얼굴을 양손으로 가렸다.

차마 오빠의 팬티를 킁킁대는 현장을 들켰다고는 말할 수 없었다.

다시 떠올렸더니 얼굴에서 불이 날 것 같았고, 구멍이 있다면 틀어박히고 싶은 기분이었다.

이렇게 세 사람 전원이 타깃의 회유에 실패하고 여자부원들에 의한 '케이키 탈환 작전'은 멋지게 좌절되고 말았다.

"그러고 보니, 결국 부장은 작전에 참가하지 않았네."

"패밀리 레스토랑 알바가 그렇게 바쁜 건가?"

"가슴에 너무 영양이 집중돼서 맥이 빠진 거 아닐까요?"

비뚤어진 말을 하는 유이카였지만 그 표정은 어딘가 걱정스러워 보였다.

그리고 그건 마오와 미즈하도 마찬가지였고 무언가 미흡하다는 기분이 세 사람 속에서 빙글빙글 소용돌이치고 있었다.

◇

사유키 선배의 모습이 왠지 이상해.

케이키가 처음으로 그 이변을 알아차린 건 중간고사 이틀째 정오가 지났을 무렵이었다.

"어라, 사유키 선배?"

"아, 케이키……."

시험이 끝나고 자판기까지 주스를 사러 갔는데, 익숙한 흑발 미녀가 팩으로 된 '딸기 우유'의 버튼을 누르고 있었다.

"……왜? 딸기 우유는 어린애 같다고 말하고 싶은 거야?"

"아무도 그런 생각 안 해요."

원망스러운 듯 입술을 삐죽거리는 행동은 꽤 어린애처럼 보였지만.

동시에 그런 모습이 귀여웠다.

"나도 딸기 우유로 할까? 시험 때문에 지쳤으니까 당분도 필요하고."

"오늘 시험은 어땠어?"

"후지모토가 공부를 봐준 덕분에 꽤 잘 본 것 같아요."

"그래……다행이네."

끄집어낸 팩을 주무르면서 사유키가 고개를 확 돌렸다.

기분이 나쁜 듯 머리에 손을 대기도 하고, 왠지 차분하지 못한 모습이었다.

"선배? 무슨 일 있어요?"

"딱히, 아무 일도 없어. ……난 다음 시간이 이동수업이라 슬슬 가볼게."

"아, 네……."

대답도 기다리지 않고 잰걸음으로 사유키가 멀어져갔다.

그 뒷모습을 멍하니 배웅한 다음 그녀의 대사 속 모순을
깨달았다.

"……아니, 중간고사 때 이동수업 같은 건 없잖아?"

그 이전에 오늘 시험은 이미 끝났다.

너무 허술하고 구멍투성이인 변명.

그녀가 이런 언동을 비추는 건 대개 뭔가 귀찮은 사건이
움직이고 있을 때였다.

"혹시 날…… 사유키 선배가 피하는 건가?"

지금의 태도를 보는 한 그럴 가능성은 높아 보였지만, 공
교롭게도 그녀의 기분을 상하게 할 만한 실패를 한 기억은
없었다.

"그렇게 되면…… 그건가. 여자의 날?"

스스로도 최악의 결론이라고 생각하면서도 따로 이유가
떠오르지 않았기 때문에 '당분간은 선배에게 부드럽게 대하
자.'라고 완전히 엉뚱한 배려를 다짐한 후배였다.

◇

중간고사가 끝났지만 그 해방감에 빠져 있을 시간은 없

었다.

"그래서 이번 주말에는 문화제라는 큰 이벤트가 기다리고 있습니다. 지금까지 이상으로 바빠질 테니까 모두 최선을 다합시다!"

""""오오-!!""""

곧 열릴 문화제를 앞두고 학생회는 굉장히 바빴다

지금까지 꾸준히 준비해왔다고는 해도 개최 직전이 되지 않으면 착수할 수 없는 안건도 많고, 그거야말로 고양이 손이라도 빌리고 싶을 정도로 분주했다.

작년 문화제를 경험한 회장과 부회장이 선두에 서서 시호가 1학년생 두 사람을, 아야노가 케이키를 지도하는 형태로 일을 소화하게 되었다.

"미타니, 여기 도장 위치가 1밀리 틀어졌어."

"1밀리라니…… 아이는 너무 엄격한 거 아니야?"

"불평 말고 얼른 하기나 해. 그리고 아이라고 부르지 마."

1학년 콤비가 문화제 관련 게시물에 승인 도장을 찍었고,

"포장마차용 테이블은 두 개까지야. 크기가 제법 크니까 반드시 둘이서 옮기도록."

시호가 용구실에서 비품을 빌려주고,

"원예부 출품작은 문제없는 것 같네."

"응, 거기는 부장이 착실히 하고 있으니까."

케이키와 아야노 두 사람이 제출된 기획서대로 준비가 진

행되고 있는지 안전상 문제는 없는지 등을 확인하기 위해 문화부 부실을 순회했다.

5명 전원이 하나의 목표를 향해 각자의 역할을 전력을 다해 수행하고 있었다.

"키류, 일단 좀 쉬자."

"하지만, 아직 전부 못 돌았는데?"

"적절하게 휴식을 취하면 결과적으로 효율이 더 올라갈 거야."

"그런 거라면."

문화제가 3일 뒤로 다가온 수요일 방과 후.

아야노의 제안에 순찰을 일단락지은 두 사람은 자판기에서 주스를 구입해 중앙 정원으로 나갔다.

이벤트 준비로 많은 학생들이 남아 있었기에 교내는 평소보다 떠들썩했다.

그런 떠들썩한 소리를 들으면서 나무 그늘 벤치에 걸터앉아 말차오레를 한 손에 든 케이키가 여유롭게 시간을 보내고 있는데 옆에 앉은 아야노가 물었다.

"서예부는 작품 전시 안 해?"

"작년에는 했는데 올해는 사유키 선배가 알바 때문에 바쁘니까."

"부비 변제는 괜찮을 것 같아?"

"괜찮을 거야. 사유키 선배도 꽤 열심히 하고 있는 것 같고."

케이키가 임시 임원이 된 건 사유키가 부비로 바니복을 구입한 것이 원인이었다.

부비 변제가 끝날 때까지라는 조건으로 케이키는 이렇게 학생회에 노동력을 제공하고 있었다.

그건 즉, 변제만 끝나면 학생회를 도와줄 의무가 사라진다는 뜻.

직무에서 해방되면 서예부로 돌아가 다시 모두와 왁자지껄 떠드는 것도, 중단된 '탈·변태계획'을 재개하는 것도 가능해진다.

서예부에서 하고 싶은 일이나 남겨둔 일이 아직 많았다.

(……그런데, 어째서 난 망설이는 걸까?)

머릿속에 떠오른 건 수영장 청소 때 아야노가 했던 말.

그날, 그녀는 케이키에게 학생회에 남아줬으면 좋겠다고 했다.

분명 학생회는 편했다.

서예부처럼 변태가 생식해도 실질적인 손해가 있는 건 아야노뿐이었고, 그 아야노의 행위도 팬티에 질식당하거나 BL만화 모델이 되는 일에 비하면 아직 허용범위 내.

아이리의 백합 취미는 특별히 손해를 초래하지 않았고, 린타로 그러니까 미타니 린은 성별을 숨기기만 하면 미소녀였으며, 시호는 치유계 스타일의 상냥한 누님이었다.

그리고 무엇보다 자신을 필요로 한다는 게 기뻤다.

둘 중 하나를 선택하라고 한다면, 망설임으로 마음이 흔들리고 말 정도로 학생회는 케이키에게 소중한 장소가 되어 있었다.

(부비 변제가 끝날 때까지는 결론을 내야 하는데……)

당초 예정대로 서예부로 돌아갈 것인가.

아니면 이대로 정식 임원이 되어 학생회에 남을 것인가.

만약 학생회에 남는다면 서예부에는 자주 찾아가지 못하게 되겠지.

바꿔 말하면 아야노를 비롯한 학생회 임원들을 선택할 것인지, 사유키를 비롯한 서예부원들을 선택할 것인지, 하는 선택이었다.

쉽게 결정할 수 있는 일도 아니고 결정해도 되는 일이 아니었다.

그래서 조금 더 생각할 시간이 필요했다.

"그러고 보니 후지모토, 공부를 봐줘서 고마워. 덕분에 전보다 등수가 올라갔어."

"별말씀을."

"후지모토는 역시 10등 이내에 들었지?"

"응, 아야노는 전교 3등을 했어."

"3등?! 너무 대단한 거 아니야?!"

성적이 좋다는 건 알고 있었지만 상상 이상이었다.

그리고 의기양양한 얼굴로 브이 사인을 만드는 아야노가 귀여웠다.

"이번에는 특별히 더 좋았던 것뿐이야. 키류 덕분에 평소보다 열심히 했으니까."

"내가 뭔가를 한 거야?"

"매일, 키류로 충전할 수 있었던 게 시험의 승리 요인이었지."

"난 후지모토의 보조 배터리 같은 존재?"

"비슷할지도."

배터리 설이 웃긴지 아야노가 키득키득 웃었다.

"그건 그렇고 후지모토는 대단한 것 같아. 학생회 일로 바쁜데 공부도 열심히 하고."

"그렇게 칭찬받으면 쑥스러운데……."

"그럼 앞으로는 무턱대고 칭찬하지 않도록 할게."

"그건 안 돼. 아야노는 칭찬받으면 성장하는 아이니까, 좀 더 칭찬해줬으면 좋겠어."

"그럼—."

기대하는 듯 바라보는 아야노가 굉장히 귀여워서.

영리한 개를 칭찬하듯 그녀의 머리를 스윽스윽 쓰다듬었다.

"그래, 그래, 후지모토는 대단해."

"응…… 에헤헤."

머리를 쓰다듬자 기쁜 듯 수줍어하는 부회장.

생각해보면 학생회에 나가기 시작하면서부터 아야노와의 거리가 꽤 줄어든 것 같다.

"……어라?"

"키류? 왜 그래?"

"아니……지금 저쪽 창문 너머에 사유키 선배가 있었는데……."

1층 복도 창문 너머에 이쪽을 살피는 흑발 미녀의 모습이 분명 보였다.

다만, 눈이 마주쳤다고 생각한 순간, 그녀는 바로 떠나고 말았다.

(평소의 선배라면 내가 후지모토랑 같이 있으면 바로 날아올 텐데…….)

사유키는 아야노를 라이벌로 바라보고 있었다.

어리광부리고 싶어 하는 고양이 같은 여자 후배에게 주인님을 빼앗겼다고 생각한 건지 케이키가 아야노와 함께 있으면 매번 방해를 하러 왔었다.

자원봉사로 하천 부지 쓰레기를 주웠을 때도, 구기대회에서 우연히 마주쳤을 때도, 사유키는 아야노에게 적의를 노골적으로 드러냈었다.

그런데 오늘만 아무 짓도 하지 않는 건 부자연스럽기 짝이 없었다.

"역시 사유키 선배의 상태가 이상해……."

생각해보면 지난주 중간고사 때도 태도가 이상했다.

늘 활기차고 밝고, 대수롭지 않은 일에 화내고, 대수롭지 않은 일에 웃고, 그런 사유키가 케이키는 좋았는데.

그녀가 떠나가기 직전, 창문 너머로 보였던 옆얼굴은 쓸쓸한 듯 그늘져 있었다.

결국 그런 얼굴을 가만히 내버려 둘 수 없었다.


시각은 오후 8시를 지났을 무렵.

완전히 어두워진 밤거리에 교복을 입은 케이키의 모습이 보였다.

그곳은 사유키가 알바를 하고 있는 패밀리 레스토랑 밖.

학생회 일이 끝난 후, 케이키는 집에도 가지 않고 여기로 와서 그럭저럭 한 시간 가까이 검은 머리의 상급생이 나오기를 기다렸다.

"……역시 이 시간이 되면 좀 춥구나."

10월도 끝이 보이기 시작했고 이제 곧 11월에 돌입하니 추운 것도 당연했다.

그건 동시에 부비 변제 기한이 바로 앞으로 다가왔다는 걸 의미했다.

그런 생각을 하면서 어느 정도 기다렸을까.

사람들의 왕래가 거의 없어지고 거리에서 소리가 완전히

사라졌을 무렵.

일을 마치고 교복으로 갈아입은 사유키가 가게 뒤편에서 나왔다.

"사유키 선배, 수고하셨어요."

"……응? 케이키?"

달려가 말을 걸자 그녀는 순간 놀란 표정을 지었다.

그리고는 무슨 생각이 난 건지 기분 나쁜 표정으로 다시 변했다.

"무, 무슨 일이야?"

"선배가 요즘 늦게까지 알바한다는 걸 미즈하한테 들었거든요. 집까지 바래다주려고 기다렸어요."

"어린애가 아니니까 혼자 가도 돼."

"하지만, 여자가 밤중에 돌아다니는 건 위험해요."

"밤중에 남자랑 같이 있는 게 더 위험하지 않을까?"

"난 선배가 싫어하는 짓은 안 해요."

"……나도 이제 몰라. 멋대로 따라오든지."

포기한 듯 익숙하지 않은 츤데레를 작렬하며 서둘러 걷기 시작한 사유키.

허가가 떨어졌기 때문에 그녀 옆에 나란히 서 힐끔 옆얼굴을 확인했다.

일이 끝난 것도 있겠지만, 역시 사유키는 기운이 없는 것처럼 보였다.

"선배, 피곤하시죠? 내일도 학교에 가야 하니까 빨리 집에 가요."

"……어째서 케이키가 리드하는 거야? 어차피 리드할 거면 나에게 목줄을 채우고 해줬으면 좋겠는데."

"그런 짓을 하면 내가 순경 아저씨한테 리드당해서 경찰서에 끌려가겠죠."

대화를 이어나가며 조금씩 평소의 분위기로 돌아왔다.

사소한 대화를 나누며 어중간하게 거리를 둔 채 그녀의 집을 향해 걸어갔다.

"그러고 보니, 슬슬 부비 변제 기한이네요."

"……그러네."

"알바비가 들어오면 드디어 서예부도 활동을 재개할 수 있겠죠."

"……."

가로등 아래에서, 갑자기 입을 닫은 사유키가 걸음을 멈췄다.

"사유키 선배……?"

당황한 후배를 향해 그녀는 긴장된 표정으로 전했다.

"그거 말인데…… 곤란한 일이 생겼어."

"곤란한 일?"

"나 말이야, 방금 전 레스토랑에서 해고당하고 말았어."

"흐음, 해고당했군요……잠깐, 네에에에에에?!"

너무 놀라 근처에 민폐가 될 만한 목소리가 터져 나왔다.

"여, 역시 농담이죠?"

"농담이라면 얼마나 좋을까."

"……진짜예요?"

"완전 진짜야."

"대체 어째서 그런 일이?"

"일하다가 접시를 성대하게 깨버렸거든. 역시 점장님께 혼나고 그 자리에서 해고 통지를 받았어. 게다가 깨져버린 식기 변상 때문에 알바비는 거의 받을 수 없을 것 같아."

"그런……."

패밀리 레스토랑 아르바이트는 사유키에겐 유일한 수입원이었다.

휴일에도 일을 하고, 서예부를 지키기 위해 밤늦게까지 열심히 했는데 이래서는 모든 것이 수포로 돌아간다.

"후후. 내일부터 안 나와도 된다는 말을 드라마 밖에선 처음 들었어."

"웃을 일이 아니에요!"

너무나 낙관적인 태도에 케이키는 자신도 모르게 고함을 치고 말았다.

"부비 변제는 어쩌실 거예요?! 이번 달 안에 갚지 않으면 이번에야말로 정말 서예부가 폐부된다고요!!"

화를 내봤자 문제는 해결되지 않는데 폐부에 대한 초조함에 강한 어조로 추궁하고 말았다.

후배에게 심하게 규탄당해 고개를 숙인 사유키가 불쑥 말을 흘렸다.

"……이잖아."

"네? 뭐라고요?"

"내가 해고당한 건 전부 케이키 때문이잖아!"

"네……? 왜 그렇게 되는 건데요?"

"내가 모르는 사이에 후지모토랑 친해져서 즐겁게 공부도 하고, 오늘도 중앙 정원에서 그 아이 머리를 쓰다듬어주고! 나라는 펫이 있으면서 다른 암컷을 귀여워하는 모습 같은 걸 보여주면 신경 쓰여서 일에 집중을 할 수가 없잖아!"

"뭐예요, 그게! 완전히 분풀이하는 거잖아요!"

"분풀이가 아니야! 케이키는 좀 더 여자의 마음을 생각할 필요가 있다고!"

싸움을 하고 싶었던 게 아니었다.

그런데 서로의 입에서 나오는 말은 조금씩 독을 품어갔다.

"자신의 실패를 다른 사람 탓으로 돌리고 적반하장으로 나오다니, 상냥하고 배려심이 있는 후지모토와는 정말 다르네요."

아야노를 예로 들자 사유키가 입을 꽉 다물었다.

"……그렇게 후지모토가 좋으면 정말 학생회에 들어가면 되잖아."

"네……?"

"여자를 다루는 방법도 모르는 멍청한 동정남에겐 서예부보다 학생회가 더 맞는 거 아닐까?"

"뭐라고요?!"

그 폭언은 케이키에겐 용인할 수 있는 게 아니었다—.

"……그러네요. 제멋대로에 억지만 부리는 **처녀 선배**가 있는 서예부 따위보다 학생회가 훨씬 더 즐겁고 편하겠어요."

정신을 차려보니 폭언에 폭언으로 응수하며 그런 말을 내뱉고 있었다.

내뱉자마자 바로 후회할 만큼 지독한 말.

하지만 그것도 괜찮을 것 같았다.

먼저 싸움을 걸어온 건 사유키 쪽이었고 제멋대로 하는 말을 듣고 화가 치밀었으니까. 애초에 도M인 그녀는 지독한 말을 내뱉는다고 해도 반대로 기뻐할 것이다.

분명 그럴—텐데.

"……응? 사, 사유키 선배……?!"

케이키가 눈앞에서 본 건 생각지도 못했던 광경.

가로등 밑에 우뚝 선 그녀의 뺨 위로 닭똥 같은 눈물이 흐르고 있었다.

뚝뚝 끊임없이 흘러넘치는 감정의 물방울에 머리가 새하얘졌다.

"……흑, ……집에 갈래."

눈에 눈물을 머금은 채 사유키가 밤길을 달려나갔다.

그런 뒷모습을 멍하니 바라보면서 케이키는 처음 그녀와 만났을 때를 떠올렸다.

고등학교에 진학했을 무렵, 방과 후 학교 건물에서 발견한 긴 흑발이 인상적인 여학생.

당시, 갓 2학년이 된 그녀는 서예부의 존속에 필요한 신입부원을 획득하지 못하고 중앙 정원 벤치에 울 것 같은 얼굴로 앉아 있었다.

그때 이미 토키하라 사유키가 가진 연약함에 대해 알았을 텐데—.

"……나 ……최악이야……."

평소에는 종잡을 수 없는 누나로, 후배를 놀리는 걸 좋아하는 밝은 그녀는 실은 누구보다 섬세하고 연약했다.

낙관적으로 행동했던 것도 폐부에 대한 불안의 반증이었겠지.

그녀의 마음을 간파하지 못하고 진심으로 상처를 입히고 만 게 무엇보다 충격이었다.

"······키류?"

"······응?"

누군가 말을 걸어 고개를 들어보니 옆에 앉은 아야노가 이쪽을 빤히 바라보고 있었다.

"내 이야기 들었어?"

"······미안. 멍하니 있느라."

케이키는 방과 후 학생회실에 있었다.

다른 세 사람은 다른 일로 다 나가고 없었고, 지금은 아야노와 둘이 문화제 일정표에 부족한 부분이 없는지 확인 작업 중이었다.

"오늘 키류, 왠지 좀 이상해. 엄청 건성이고."

"면목 없다······."

"피곤하면 오늘은 쉬어도······."

"아니, 괜찮아. 피곤해서 그런 게 아니니까."

"하지만······."

걱정스럽게 바라보는 아야노.

분명 지금의 자신은 그만큼 지독한 얼굴을 하고 있겠지.

"······나, 사유키 선배랑 싸웠어. 선배가 신경을 건드리는 말을 해서 흥분하는 바람에. 생각지도 못한 말로 선배를 상처 입혔어."

"⋯⋯."

"그리고 선배, 알바도 잘린 것 같아. 이대로면 부비 변제도 못 하고⋯⋯ 아마, 서예부는 폐부되겠지."

이번 달 중으로 써버린 부비를 갚는 것. 그게 처음에 시호와 정한 약속이었다.

약속 기한까지 부비를 갚지 못하면 정말 서예부는 사라지고 만다.

그렇게 되면 분명 사유키는 또 울게 되겠지.

소중한 사람을 울리고, 그 사람이 소중히 아끼는 곳이 사라지게 되고, 그럼 그 사람은 좀 더 상처 입게 될지도 모른다.

그럴 때 아무것도 못 하는 자신이 정말 싫어졌다—.

"⋯⋯쪽."

"⋯⋯응?"

별안간 뺨을 덮친 부드러운 자극.

그 감촉의 정체는 어느샌가 바로 옆에 서 있던 아야노의 입술.

갑자기 키스를 받고 임시 임원은 튕기듯이 의자에서 확 물러섰다.

"잠깐, 후지모토?! 뭐뭐뭐뭐 하는 거야?!"

"뺨에 뽀뽀?"

"이 타이밍에?!"

"그치만 키류가 또 언짢은 얼굴을 하고 있으니까."

"그렇다고 뽀뽀를 해?!"

그런 일로 여자에게 키스를 받는다면 1년 내내 계속 언짢은 얼굴을 하고 살아가는 것도 흔쾌히 고려해볼 만했다.

"다행이다."

"뭐가?!"

"키류가 기운을 차려서."

"아……."

방법은 독창적이었지만 확실히 마음은 가벼워졌다.

아야노가 기운을 북돋아 준 걸 알고 왠지 갑자기 부끄러워졌다.

"지금의 키류는 한 번에 많은 일이 생겨서 마음이 혼란스러운 것뿐이야. 그래서 너무 어렵게 생각하고 답을 찾지 못하는 거지."

"하지만, 이런 상황에서 어떻게 하면……."

"중요한 건 키류가 어떻게 하고 싶은지 라고 생각해."

"내가…… 어떻게 하고 싶은지?"

"응. 키류는 어떻게 하고 싶어?"

"난……."

아야노의 질문에 겨우 정신을 차렸다.

자신이 사유키가 슬퍼할 미래밖에 보지 않았다는 것을.

생각하기 전에 무리라고 단정 짓고 멋대로 서예부를 포기했다.

손에 넣어야 하는 건 슬픈 결말이 아니라 그녀가 웃는 얼굴로 지낼 수 있는 미래인데, 자신이 어떻게 하고 싶은지는 처음부터 결정되어 있었는데ㅡ.

"난 서예부를 폐부시키고 싶지 않아."

"응."

"사유키 선배를 슬프게 하고 싶지 않아."

"응."

그 대답에 아야노는 부드럽게 미소 지으며,

"그럼 그렇게 해야지."

미아가 된 케이키의 등을 살며시 밀어주었다.

울리고 말았다면 다시 웃게 해주면 된다.

여기서 포기해버리면 그런 기회조차 잃게 된다.

마음을 정했다면 나머지는 그것을 향해 달려가는 것뿐.

"미안, 후지모토. 급한 일이 생겨서 오늘은 좀 쉬어도 될까?"

"응. 오늘은 나 혼자도 괜찮으니까."

"고마워!"

감사의 말을 전하고 가방을 움켜쥔 케이키가 학생회실을 달려 나갔다.

　두 사람에서 한 사람이 된 부실 안에서 아야노가 중얼거린 '져버렸네'라는 말은 누구의 귀에도 닿지 않았다.

학생회실을 뒤로 한 케이키는 세 명의 여학생에게 문자를 보냈다.

문장은 '부실로 와줘'라고만 쓴 심플한 내용.

그리고 두 명의 인물에게 전화를 건 다음 교무실에서 열쇠를 빌려 부실로 향하자 부실 앞에는 이미 불러낸 멤버들이 모여 있었다.

"갑자기 불러내서 무슨 일인지 걱정했어요."

"무슨 일인지 모르지만 원고가 있으니까 간단히 말해."

"오빠, 무슨 일 있었어?"

유이카에 마오, 그리고 미즈하가 제각기 말했다.

말투는 다르지만 세 사람이 걱정해준 걸 알고 가슴이 뜨거워졌다.

"와줘서 고마워. 용건은 안에서 이야기할게."

문을 열고 다들 천천히 안으로 들어갔다.

잠시 떨어져 있었던 것뿐인데 익숙했던 부실이 그립게 느껴졌다.

여학생들이 정 위치에 앉은 걸 확인하고 테이블 앞에 선 케이키가 입을 열었다.

"단도직입적으로 말할게. 서예부가 위기야."

"위기?"

"서예부가?"

"무슨 말이야?"

유이카, 미즈하, 마오가 순서대로 물음표를 띠었고,

"사유키 선배가 패밀리 레스토랑 알바를 하다가 해고당했어. 게다가 부주의로 대량의 식기를 깨버려서 알바비를 받을 수 없게 된 것 같아."

"""…………."""

구체적인 사정을 들은 순간, 동시에 말을 잃었다.

재빨리 재기동한 유이카가 케이키를 바라보며 한심한 듯한 표정을 지었다.

"저기…… 그건 무슨 개그인가요?"

"마음은 알지만 이렇게 곤란할 때 개그는 하지 않아."

"하지만 알바비를 못 받는다는 건…….."

"그래, 이대로면 부비 변제를 못 해서 서예부는 폐부될 거야."

"말도 안 돼…….."

심각한 사실을 듣고 충격을 받은 후배.

미즈하도 똑같은 표정을 짓고 있었고, 괴로운 얼굴을 한 마오가 질문을 건넸다.

"키류, 부비 변제 기한이 언제까지였지?"

"월말인 31일이 타임리밋이야. 다음 주 화요일."

"이제 일주일도 안 남았잖아…….."

"주말에 문화제도 끼어 있고, 지금부터 알바를 찾아도 힘들겠네…….."

오늘은 벌써 목요일이었고, 미즈하의 말대로 모레부터 문화제가 시작된다.

그게 끝나면 바로 변제일. 당연하겠지만 느긋하게 알바를 할 시간이 없었다.

폐부를 저지하려면 알바 이외의 방법으로 사유키의 의상비 '2만 5천 엔'을 모을 필요가 있었다.

"그래서, 바로 그 마녀 선배는 어떻게 하고 있어요?"

"사유키 선배는…… 어제 좀 싸우고 내가 울린 탓에 전투불능 상태라고나 할까, 솔직히 말해서 연락이 안 돼."

"케이키 선배……."

"오빠……."

"키류…… 너, 무슨 짓을 한 거야?"

"솔직히 미안하게 생각해."

폭언에 폭언으로 응수했다고는 해도 지독한 말로 울려버린 건 사실.

시간이 없기 때문에 실패를 책망하기 전에 같이 대책을 생각해야 했다.

"뭐, 사유키 선배는 내가 어떻게든 하는 걸로 하고…… 모두에게 부탁이 있어."

그거야말로 오늘의 본론.

소중한 걸 지키기 위해, 바라던 미래를 붙잡기 위해, 뜻을 정하고 말을 이어나갔다.

"난 서예부를 폐부시키고 싶지 않아. ……하지만 나 혼자의 힘으로는 어떻게 할 수가 없어. 그러니까 모두의 힘을 빌려줬으면 좋겠어."

똑바로 마음을 전하자 세 사람은 모두 미소를 보여주었다.

"내가 할 수 있는 일이라면 뭐든 말해. 서예부와 토키하라 선배를 위해서."

"나도 부실에서 원고를 그릴 수 없게 되면 곤란하니까."

"마녀 선배에게 은혜를 입히는 것도 나쁘지 않겠죠."

"다들…… 고마워."

그녀들도 각자 서예부를 소중하게 생각하고 있었다.

그 마음이 기뻐서 살짝 눈물이 날 것 같았다.

이미 사유키를 위해서만이 아니었다.

다시 모두 함께 부실에서 모일 수 있게 서예부는 반드시 지켜야 했다.

"그래서 우리가 뭘 하면 될까요?"

"아, 실은 이미 플랜을 생각해뒀어."

야무진 표정으로 바로 답하는 발안자.

여느 때와 달리 믿음직스러운 남자부원에게 여자 세 명이 기대를 품은 시선을 보냈다.

"아까 말한 대로, 변제 기한까지 시간이 없어. 지금부터 알바를 찾아봤자 시간에 맞추지 못할 테니까 다른 방법으로 부족한 변제 자금을 조달할 필요가 있어. 그래서―."

이 위기에서 서예부를 구하기 위해, 케이키는 자신이 생각한 계획을 전했다.

"돈을 위해 모두가 섹시한 메이드복을 입어줬으면 좋겠어!"

"""…………."""

그 순간, 그녀들의 얼굴에서 표정이 사라졌다.

세 사람의 차가운 시선이 여실히 '이 녀석이 대체 무슨 소릴 하는 거야?'라고 호소하고 있었다.

**후기**

'변태 좋아' 6권 어떠셨나요?

새로운 장 2권째로 학생회 편에 돌입했습니다.

학생회장과 서기라는 새로운 등장인물이 더해지고 케이키의 주변이 더욱더 북적거리게 됐네요.

개인적으로는 지금까지 계속 등장기회가 적었던 아야노를 많이 쓸 수 있어서 기뻤습니다.

사복 차림의 아야노가 엄청 귀엽다고 생각했던 건 저만이 아니겠죠.

분명 흰색 원피스가 잘 어울릴 거라고 생각했지만 설마 이 정도일 줄은…….

저도 귀여운 아야노가 제 냄새를 킁킁거려줬으면 좋겠어요. (변태)

다시 생각해보면 6권에서도 다양한 일이 있었네요. (※여기부터 스포일러가 시작됩니다.)

사유키 선배가 엉덩이를 찰싹찰싹 맞으면서 기뻐하고, 마오가 변태로 변하고, 유이카와 눈을 가린 구속 플레이를 즐기고, 미즈하가 오빠의 팬티를 킁킁대고…….

그중에서도 가장 인상적이었던 건 지금까지 이름도 나오지 않았던 보건 선생님이 갑자기 풀 네임을 밝힌 장면이었습니다.

오키타 선생님조차 나머지 이름이 등장하지 않았는데 정말 어떻게 된 걸까요.

참고로 굉장히 매력적인 보건 선생님 타치바나 카오리 씨의 모습을 보고 싶으신 분은, 11월 상순에 발매 애정인 코미컬라이즈 제2권에 살짝 등장하니 그걸 구입해주시면 기쁠 것 같습니다. (뜻밖의 선전)

그리고, 이 6권에 맞춰서 '변태 좋아'의 새로운 태피스트리도 발매되니 흥미가 있으신 분들은 이쪽도 구매해주신다면 더욱더 기쁠 것 같습니다. (연속 선전)

그런 느낌으로 관련 굿즈를 여러 가지 만들고 있습니다만, 그런 물건들 때문에 현재, 저의 방이 아비규환의 양상을 보이고 있습니다.

후기를 쓰면서 방을 훑어보니 아아⋯⋯굿즈로 가득 담긴 상자가 왜 이렇게 많은 걸까요.

가끔 쌓인 상자가 붕괴를 일으키기 때문에 굉장히 위험한 상태랍니다.

여러 가지 일이 일단락되면 일단 수납장을 사러 갈 생각이에요.

이야기를 바꿔서, 이 책이 저에겐 통산 10권째 저서입니다.

학창시절부터 동경했던 작가를 계속할 수 있다는 사실에 감사드리면서 변태 좋아 시리즈도 계속 열심히 쓸 테니까 앞으로도 응원해주신다면 기쁠 것 같습니다.

그럼 다음에는 7권에서 만나요.

하나마 토모

KAWAIKEREBA HENTAI DEMO SUKI NI NATTE KUREMASUKA? Vol.6
©Tomo Hanama 2018
First published in Japan in 2018 by KADOKAWA CORPORATION, Tokyo.
Korean translation rights arranged with KADOKAWA CORPORATION, Tokyo.

## 귀여우면 변태라도 좋아해주실 수 있나요? 6

2019년 5월14일 1판 1쇄 발행
2019년 6월30일 1판 2쇄 발행

**저　　　자** 하나마 토모
**일 러 스 트** sune
**옮 긴 이** 심희정
**발 행 인** 유재옥
**본 부 장** 조병권
**담당편집자** 정영길
**편　　　집** 김다솜, 김민지, 박상섭, 이성호, 정영길, 조찬희
**미　　　술** 강혜린, 박은정
**라이츠담당** 박선희, 오유진
**디 지 털** 최민성, 박지혜
**발 행 처** ㈜소미미디어
**제 작 처** 코리아피앤피
**등　　　록** 제2015-000008호
**주　　　소** 서울시 마포구 토정로 222,403호 (신수동, 한국출판콘텐츠센터)
**판　　　매** ㈜소미미디어
**마 케 팅** 한민지 한주원
**전　　　화** 편집부 (070)4164-3962, 3963  기획실 (02)567-3388
　　　　　　　판매 및 마케팅 (070)4165-6888, Fax (02)322-7665

ISBN 979-11-6389-477-3 04830
ISBN 979-11-6190-647-8 (세트)

# 가챠를 돌려 동료를 늘리고

## 최강의 미소녀군단을 만들자

### 4

## 늘 녀석, 웬지 이상하지 않아?

마석의 안정적인 공급 방법 확보를 위해
모험가의 협력을 받기로 한 오쿠라 일행.
모험가로서 명성을 높이면 협력받기 쉬워질 거라 생각하여
모험가 랭크 B로 올라가기 위한 의뢰를 수행한다.
그런 와중에 협회조차 존재를 모르고 있었던
던전 깊은 곳으로 발을 들이게 되는데……

나는 이세계에서 부여마법과 소환마법을 저울질한다

5

"몬스터들과의 싸움이야말로
세계를 파멸에서 구하는 열쇠—"

세계수의 수호자 린의 말을 믿고 결의를 새롭게 다진 카야 카즈히사.
아리스, 타마키, 미아에 강력한 마력을 가진 망국의 엘프 왕녀 루시아를 추가한
카즈히사의 새로운 파티가 '메키슈 그라우'를 능가하는 신병급 몬스터
'레전드 아라크네'에게 맞선다!!